Ouvrages récemment Parus

LIVRES A GRAND RABAIS

Ouvrages de Bibliothèques

Avec Facilités de Paiement

PAGES 10 à 21

ERNEST FLAMMARION ET A. VAILLANT

Galerie de l'Odéon, 1 à 9, et 4, rue Rotrou, PARIS.

A partir de 25 fr., tous les envois sont adressés FRANCO dans toute la France
SAUF POUR LES OUVRAGES AVEC FACILITÉS DE PAIEMENT.

Nous avons à la disposition de notre Clientèle un grand assortiment de Livres français et étrangers, Musique, Papeterie, Maroquinerie, Articles de dessin et de bureau, et nous nous chargeons de procurer tous les ouvrages des éditeurs parisiens **avec des remises importantes.**

ACHAT DE BIBLIOTHÈQUES

ENVOI FRANCO DES CATALOGUES DE LIBRAIRIE, GRAVURES, MUSIQUE, PAPETERIE

OUVRAGES RÉCEMMENT PARUS

ALHIX (Antoine). *Mirage d'or*. Roman. 1 vol. in-12, br. 3 fr. 50, net — 3 fr.

ANNUAIRE ASTRONOMIQUE ET MÉTÉORO-LOGIQUE 1900, par Camille *Flammarion*. 1 vol. in-12, br. 1 fr. 25, net — 1 fr. 10

Exposant l'ensemble de tous les phénomènes célestes observables pendant l'année 1900. On y trouve les observations à faire au ciel tous les jours, les cartes des positions des étoiles et des planètes.

AUBERT (Georges). *A quoi tient l'infériorité du Commerce français*. Comment y remédier ? 1 vol. in-12, broché. 3 fr. 50, net — 3 fr.

AUBERT (Georges). *Le Transvaal et l'Angleterre*. En Afrique du Sud. 1 vol. in-12, br. 3 fr. 50, net — 3 fr.

L'ouvrage est rempli d'une foule de tableaux, cartes, renseignements sur les mines d'or, en même temps que de nombreuses photographies des hommes du moment, telles que celle du président Krüger, du Docteur Leyds, de Cecil Rhodes, Chamberlain, etc.

BACH-SISLEY (Jean). *Contes à ma belle*. 1 vol. in-12, br. 3 fr. 50, net — 3 fr.

BAIHAUT (Ch.). *Chair à misère*. Roman. 1 vol. in-12, br. 3 fr. 50, net — 3 fr.

Ce roman, qui se déroule tantôt dans une petite ville, tantôt au milieu d'une population minière, tantôt en pleine poésie des forêts et des cimes, est une étude philosophique et sociale qui emprunte un caractère d'actualité au mouvement ouvrier manifesté par les grèves et par le Congrès de Paris.

BAIHAUT (Charles). *La Vie anxieuse*. *Fini de Rire*. 1 vol. in-12, br. 3 fr. 50, net — 3 fr.

BENDA (Julien). *Dialogues à Byzance*. 1 vol. in-12, br. 3 fr. 50, net — 3 fr.

BENTZON (Th.). *Femmes d'Amérique*. 1 vol. in-12, broché. 3 fr. 50, net — 3 fr.

BERR (Emile). *Au pays des nuits blanches*. Notes de voyage. 1 vol. br., illustré d'après photographies. 2 fr., net — 1 fr. 75

BERR (Georges). *Pour quand on est trois*. Comédies 1 vol. gr. in-18 jésus, br. 3 fr. 50, net 3 fr.

BIANCONI. *Nouvelle carte du Transvaal*, de l'Etat libre d'Orange, de la Colonie du Cap et du Natal, etc., format 75×80, net — 1 fr.

BLAIZE (Jean). *Similia*. Roman pour jeunes filles. 1 vol. in-12, broché. 3 fr. 50, net — 3 fr.

BONHOMME (Paul). *M'sieur la pudeur*. 1 vol. in-12, br. 3 fr. 50, net — 3 fr.

Ce roman présente un caractère d'actualité C'est, dans une forme moderne et châtiée, un livre de gaîté, que son caractère de drôlerie recommande à ceux qui veulent assister à un désopilant vaudeville, dans leur fauteuil.

BOURGET (Paul). *Drame de famille*. 1 vol. in-12, br. 3 fr. 50, net — 3 fr.

BRUTAILS (J. A.). *L'archéologie du moyen-âge et ses méthodes*. Etudes critiques. 1 vol. in-8, broché. 5 fr., net — 4 fr. 50

CAHU (Théodore) et **FOREST** (Louis). *L'Oubli*. Roman. 1 vol. in-12, br. 3 fr. 50, net — 3 fr.

Le sous-titre « Alsace-Lorraine 1877-1899 » et l'opinion de Jules-Ferry : la France doit mettre une croix sur l'Alsace-Lorraine, » en disent assez sur le sujet traité. C'est l'histoire d'une famille alsacienne dans son évolution depuis la guerre jusqu'à nos jours.

CAIX (Robert de). *Fachoda*. La France et l'Angleterre. 1 vol. in-12, broché, contenant 3 cartes et le portrait du Commandant *Marchand*. 3 fr. 50, net — 3 fr.

CATTELAIN (P.). *Mémoires du Chef de la sûreté sous la commune de Paris*. 1 vol. in-12, br. 3 fr. 50, net — 3 fr.

CIM (Albert). *Emancipées*. 1 vol. in-12, br. 3 fr. 50, net — 3 fr.

Sous la forme du roman, à travers une série d'aventures pleines d'entrain, d'ironie et de bonne humeur, ou vibrantes d'émotion, tragiques et poignantes, l'auteur passe en revue quantités de types du monde parisien et nous montre, avec les progrès constants et le triomphe du féminisme, les conséquences de l'unification des deux sexes et les séduisants résultats de l'amour libre.

COTTIN (Eugène). *Drôleries du Palais*. Album humoristique. 1 vol. in-12, br. 3 fr. 50, net 3 fr.

CORDAY (Michel). *Des histoires*. 1 vol. in-12, br. 3 fr. 50, net — 3 fr.

COPPÉE (François). *Prière pour la France*. 1 brochure in-12, net — 0 fr. 50

DEVILLE (Victor). *Partage de l'Afrique*. Exploration, colonisation, état politique. 1 vol. in-12, broché. 5 fr., net — 4 fr. 50

DISCOURS DE RÉCEPTION DE M. HENRI LAVEDAN. (Séance de l'Académie française du 28 décembre 1899). 1 brochure in-8. 1 fr., net — 0 fr. 95

DUBOIS (Félix). *Tombouctou la mystérieuse*. Nouvelle édition format in-12, 1 vol. br. 3 fr. 50, net — 3 fr.

Ce volume est le récit d'un voyage fait par l'auteur de Paris au Niger. Il est rendu très vivant par de nombreuses gravures exécutées d'après les photographies de l'auteur.

DUCOS (Comte). *La mère du Duc d'Enghien*, 1759-1822. 1 vol. in-8, br. avec portrait et fac-similé d'autographe. 7 fr. 50. net — 6 fr. 50

DUGARD. *De l'éducation moderne des jeunes filles* (Questions du temps passé). 1 brochure in-12, 1 fr., net — 0 fr. 95

DUROCHER (Léon). *Chansons de là-haut et de là-bas*. Dessins de Steinlen, Balluriau, Stéphane. 1 vol. in-12, br. 3 fr 50, net — 3 fr.

L'âme de Montmartre, l'âme de la Bretagne vibrent tour à tour et parfois simultanément dans ce recueil où se mêlent avec une fantaisie très curieuse le vent de la butte et la brise des grèves.

ESPARBÈS (Georges d'). *Les Demi-Solde*. 1 vol. in-12, br. 3 fr. 50, net — 3 fr.

Avec un art infini, l'auteur nous montre la vie misérable, mais toujours très fière, des soldats de la grande épopée, de ceux qui avaient été surnommés « Les brigands de la Loire » quand ils étaient vaincus et que l'Europe avait cessé de trembler devant eux.

FAUVELLE (Docteur René). *Les Etudiants en médecine de Paris, sous le grand Roi*. Essai sur leurs études, leur vie privée ainsi que sur la Société bourgeoise dont ils faisaient partie. 1 vol. in-8, br. 10 fr., net — 9 fr.

FLEURIGNY (Henry de). *La fêlure*. 1 vol. in-12, br. 3 fr. 50, net — 3 fr.

FOLKMAR (Daniel). *Leçons d'anthropologie philosophique*. Ses applications à la morale positive. 1 vol. in-8, br. 7 fr. 50, net — 6 fr. 50

FRANCE (Hector). *L'armée de John Bull*. (Guerre du Transvaal). 1 vol. in-12, broché. 3 fr. 50, net — 3 fr.

FRANCE (Anatole). *Clio*. Illustrations en couleurs par *Mucha*. 1 v. in-12, br. 6 fr., net 5 fr. 25

GACHOT (Edouard). *A travers les Alpes.* 1 vol. in-12, illustré, broché. 3 fr. 50, net   3 fr.

Jamais la grandiose beauté des montagnes, au Cervin, dans le Gothard, et sur les bords du lac des Quatre-Cantons, n'a été décrite si fidèlement. Aventures et légendes combien poétiques s'y déroulent dans le cadre sauvage des glaciers ou à l'ombrage des pins.

GERMAIN (Auguste). *Les étoilés.* Roman. 1 vol. in-12, broché. 3 fr. 50, net   3 fr.

GOYA (Francisco). *La Tauromachie.* Suite de 40 eaux-fortes. Réimpression des planches originales, y compris les sept pièces supplémentaires. Format in-fol. en portefeuille. NET 60 fr.

GROSCLAUDE (Etienne). *Une politique européenne.* La France, la Russie, l'Allemagne, et la guerre au Transvaal. 1 brochure in-12, 1 fr. net   0 fr. 95

L'auteur aborde hardiment des problèmes du jour avec une documentation approfondie.

HAMON (Louis). *Police et criminalité.* Impressions d'un vieux policier. 1 vol. in-12, br. 3 fr. 50, net   3 fr.

Ce volume a pour conclusion : instruire et surtout éduquer le peuple ; moraliser dispense de sévir.

Les chapitres sur l'adultère, l'inceste, la prostitution, l'assassinat, les exécutions capitales sont remarquables.

HAUSSONVILLE (Comte d'). *Salaires et misères de femmes.* 1 vol. in-12, br. 3 fr. 50, net   3 fr.

HERVIEU (Paul). *Théâtre.* La loi de l'homme. Les ténailles. Les paroles restent. 1 vol. in-32, br. 6 fr., net   5 fr. 25

HINZELIN (Emile). *Images de France.* Région de l'Est. 1 vol. in-12, broché. 3 fr. 50, net 3 fr.

IBEMI (Edouard). *Myriam.* 1 vol. in-12, br. 3 fr. 50, net   3 fr.

A l'heure où tant d'événements glorieux ou tragiques attirent les regards vers cette mystérieuse Afrique, tout le monde voudra lire ce roman original et saisissant où des héros de la France lointaine, tout en trouvant le temps d'aimer à l'aventure, tiennent si haut l'honneur du drapeau.

LAFARGUE (Fernand). *Baiser perdu.* 1 vol. in-12, br. 3 fr. 50, net   3 fr.

C'est un drame humain, de sentiments délicats et de situations cruelles, aux scènes vivantes et neuves, qui se déroule dans un des sites les plus sauvages de France.

LAUTH (J.). *L'Etat militaire des principales puissances étrangères en 1900.* Allemagne. — Autriche-Hongrie. — Belgique. — Espagne. — Grande-Bretagne. — Italie. — Roumanie. — Russie. — Suisse. 1 vol. in-8, broché. 7 fr. 50, net   6 fr. 50

LECONTE DE LISLE. *Eschyle.* Traduction nouvelle. 1 vol. in-12, br. 3 fr. 50, net   3 fr.

LEFÉBURE (Léon). *L'organisation de la charité privée en France.* Histoire d'une œuvre. 1 vol. in-8, broché. 5 fr., net   4 fr. 50

LES MAITRES DE LA PHOTOGRAPHIE. Avec une cinquantaine d'illustrations, dont 18 hors texte en couleurs, d'après les photographies originales de MM Bergon, Bucquet, Demachy, etc. 1 volume-album in-4, broché. 12 fr., net   10 fr. 50

LETTRES *adressées à M. Waldeck-Rousseau,* président du Conseil des Ministres, par le *Comte Albert de Mun* de l'Académie française. 1 br. in-8, 1 fr., net   0 fr. 95

LICHTENBERGER (André). *La mort de Corinthe.* Roman. 1 vol. in-12, br. 3 fr. 50, net 3 fr.

LOCKROY (Edouard). *La Défense navale.* 1 vol. in-8, br. 6 fr., net   5 fr. 25

LOUYS (Pierre). *Les Chansons de Bilitis.* Accompagnées de 300 gravures et de 24 planches en couleurs hors texte par *Notor,* d'après des documents authentiques des musées d'Europe. 1 vol. in-12, broché. 3 fr. 50, net   3 fr.

LYONNET (Henry). *Le Théâtre en Italie.* 1 vol. in-12, br. ill. de 47 photogravures. 3 fr 50, net   3 fr.

MAGER (Henri). *Nouvel atlas colonial,* format in-4, br. 1 fr. 50, net   1 fr. 35

Son nombre de cartes, cartouches et p'ans s'élève à 122 dont 108 en couleurs ; les cartes sont accompagnées de notices disant tout ce qu'il faut savoir sur nos colonies.

MARDRUS (Dr J.-C.). *Livre des mille nuits et une nuit.* Tome 4. 1 vol. in-8, br. 7 fr. net 6 fr.

MARTHOLD (Jules de). *La farce du borgne aveuglé.* Comédie en 1 acte en vers. 1 vol. in-12, broché 1 fr., net   0 fr. 95

MASSONNEAU (A. Henri). *Devant l'échafaud.* Enquête sur la peine de mort. — L'opinion des magistrats. — Douze exécutions capitales. — Le Bilan de l'échafaud de 1826 à 1898. — Documents parlementaires. — La peine de mort devant les Chambres et devant le Conseil municipal de Paris. — Les enfants dangereux. — Portraits d'assassins exécutés. 1 vol. in-12, broché. 3 fr. 50, net   3 fr.

MAUPASSANT (Guy de). *Le colporteur.* 1 vol. in-12, broché. 3 fr. 50, net   3 fr.

MAUPASSANT (Guy de). *Le Rosier de Madame Husson.* Nouvelle édition revue. 1 vol. in-12, broché. 3 fr. 50, net   3 fr.

MOURRE (Baron Charles). *D'où vient la décadence économique de la France.* 1 vol. in-12, br. 3 fr. 50, net   3 fr.

NADAR. *Quand j'étais photographe.* 1 vol. in-12, br. 3 fr. 50, net   3 fr.

NIETZSCHE (Frédéric). *Le crépuscule des Idoles.* Le cas Wagner-Nietzsche contre Wagner. L'antéchrist. Traduits par *Henri Albert.* 1 vol. in-12, br. 3 fr. 50, net   3 fr.

NITTIS (Jacques de). *Vénus ennemie.* Roman. 1 vol. in-12, br. 3 fr. 50, net   3 fr.

NOEL (Edouard) et **D'HÈVE** (Lucien). *Thi-Teu.* Opéra en 3 actes et 4 tableaux. 1 vol. in-12 illustré, broché. 2 fr., net   1 fr. 75

ORLÉANS (Henri d'). *Politique extérieure et coloniale.* 1 vol. in-12, br. 3 fr. 50, net   3 fr.

PASCAL (Félicien). *Le million de l'Orphelin.* Roman populaire. 1 vol. in-12, br. 3 fr 50, net 3 fr.

C'est l'aventure touchante d'un malheureux enfant né riche et réduit à la pire misère, par les crimes d'une audacieuse aventurière.

PÉLADAN (Le Sar). *Le vice suprême.* (La décadence latine Ethopée). 1 vol. in-12, br. 3 fr. 50, net   3 fr.

PERRODIL (Edouard de). *La Cascari.* Roman. 1 vol. in-12, br. 3 fr. 50, net   3 fr.

C'est le récit émouvant d'un drame sombre engendré par une haine contre nature d'une mère envers sa fille : récit poétique et romanesque, d'ailleurs, rempli d'épisodes qui donnent lieu à de ravissantes descriptions.

PERT (Camille). *Mariage rêvé...* Roman. 1 vol. in-12, broché. 3 fr. 50, net   3 fr.

PETIT DE JULLEVILLE. *Histoire de la littérature française des origines à nos jours.* Nouvelle édit. avec un index des auteurs cités. 1 vol. in-12, br. 3 fr. 50, net   3 fr.

POUGY (Liane de). *La mauvaise part.* Myrrhille. Roman parisien. Orné de 14 illustrations hors texte obtenues par la photographie. 1 v. in-12, br. 3 fr. 50, net   3 fr.

PIÈCES A SUCCÈS. n° 26. — *Pelin, mouillarbourg et consorts*, fantaisie judiciaire, 1 acte, de Georges Courteline.

N° 27. — *Grandeur et servitude*, fantaisie militaire, 1 acte, de Jules Chancel.

N° 28. — *La Berrichonne*, comédie, 1 acte, de Léo Trézenik.

N° 29. — *Un verre d'eau dans une tempête*, comédie de salon, 1 acte, par Schneider et Sciama.

N° 30. — *L'affaire Champignon*, fantaisie judiciaire, 1 acte, de Courteline et Veber.

N° 31. — *La Visite*, comédie de salon, 1 acte, par Daniel Riche.

N° 32. — *Le pauvre bougre et le bon génie*, féerie en 1 acte, par Alphonse Allais.

N° 33. — *Les Crapauds*, comédie en 1 acte. — *La Grenouille*, vaudeville en 1 acte, par Abric. Chaque pièce, net   0 fr. 60.

RIBOT (Alexandre). *La réforme de l'Enseignement secondaire*. 1 vol. in-12, br. 3 fr. 50, net   3 fr.

RICHEBOURG (Emile). *Haine de femme*. 1 vol. in-12, br. 3 fr. 50, net   3 fr.

 C'est un livre d'une grande imagination et d'énormément de cœur. L'intérêt qui s'en dégage exerce un ascendant irrésistible même sur les plus sceptiques.

RICHEPIN (Jacques). *La Reine de Tyr*. Drame en 4 actes en vers. 1 vol. in-12, br. 2 fr. net   1 fr. 75

ROBERT (Louis de). *Ninette*. Illustrations de *Dutriac*, 1 vol. in-12, broché, 2 fr., net 1 fr. 75

SAINT-AULAIRE (Comte de). *Plus fort que l'amour*. 1 vol. in-12, br. 3 fr. 50, net   3 fr.

SHAKESPEARE (William). *La tragique histoire d'Hamlet. Prince de Danemark*. Traduction par *Morand* et *Schwob*. Représentée au théâtre Sarah Bernhardt. 1 vol. in-12, br. 3 fr. 50, net   3 fr.

SCHNEIDER (Louis). *Eau bénite de cour... et jardin*. 1 vol. in-12, br. orné d'un dessin de Henri *Boutet*. 3 fr. 50, net   3 fr.

 Livre gai où l'auteur fait défiler avec sa narquoise fantaisie tout ce qui s'est passé au théâtre depuis deux ans. Les uns y sont égratignés, les autres y sont encensés avec une gaieté que rien n'abat.

SÉMANT (Paul de). *Sacré Poilu !* avec illustrations de l'auteur. 1 vol. in-12, br. 3 fr. 50 net   3 fr.

 En même temps qu'un volume de gaieté, c'est un livre d'observation aiguë qui plaira d'autant plus que les illustrations forment avec le texte un tout très intime d'une note très juste.

STAFFE (Baronne). *La correspondance dans toutes les circonstances de la vie*. 1 vol. in-12, br. 3 fr. 50, net   3 fr.

TARDIF (Cyprien). *Sourires et baisers*. Poésies. 1 vol. in-12, br. 3 fr. 50, net   3 fr.

THEURIET (André). *Frida*. (Collection de la voie merveilleuse). 1 vol. in-12 illustré, br. 2 fr. 50, net   2 fr. 25

TINSEAU (Léon de). *Mensonge blanc*. 1 vol. in-12, br. 3 fr. 50, net   3 fr.

TOLSTOI (Comte Léon). *Résurrection*. Roman, traduit du russe par Téodor de *Wyzewa*. 1re partie 1 vol in-12, br. 3 fr. 50, net   3 fr.
— Deuxième partie 1 vol. in-12. 2 fr., net 1 fr. 75

TOUT-PARIS. *Annuaire de la Société parisienne 1900*. Noms et adresses classés par noms, par professions et par rues, avec indication des châteaux et villégiatures, suivis d'un dictionnaire des pseudonymes. Plans de Paris, plans des théâtres, etc. 1 vol. in-8, cart. 12 fr., net   10 fr. 50

TRÉLAT (Emile). *La salubrité*. 1 vol. in-12, br. 3 fr. 50, net   3 fr.

 Ce volume contient ce qu'on pourrait appeler la philosophie de la salubrité, les conditions et les principes qui constituent son essence même. C'est la première fois que ces grandes notions auront été exposées avec tant d'élévation, de compétence et de clarté.

TRUFFIER (Jules). *Poésies*. Ouvertures et intermèdes. La cour et le jardin. L'arc-en-ciel de la rampe. 1 vol. in-12, avec portrait de l'auteur. 3 fr. 50, net   3 fr.

WALLON (Henri). *Le Tribunal révolutionnaire 10 mars 1793-31 mai 1795*. 2 vol. in-8, br. 16 fr., net   14 fr. 50

VAUX (Baron de). *Le monde du sport*. 1 vol. in-8, br. 25 fr., net   22 fr. 50

 Il est facile de percevoir la comparaison établie par l'auteur entre les pratiques du sport en France et en Angleterre, terre native de ces exercices du corps qui ont donné à ce pays de jeunes hommes forts, consacrant leurs loisirs à cette lutte permanente pour le succès.

WELSCHINGER (Henri). *La mission secrète de Mirabeau à Berlin (1786-1787)*. 1 vol. in-8, br. 8 fr., net   7 fr.

 Une introduction considérable raconte par le menu le curieux historique de la mission secrète et de la correspondance dont Chateaubriand, qui n'en connaissait cependant qu'une partie, disait : Tout Mirabeau, et Mirabeau très supérieur, est dans cette correspondance diplomatique. L'avenir de l'Europe y est à chaque ligne.

WYZEWA (Téodor de). *Le Roman contemporain à l'Etranger*. « Fontane, Meyer, Nansen, Kipling, Couperus, Tolstoï, Dostoïewsky, etc... » 1 vol. in-12, br. 3 fr. 50, net   3 fr.

XANROF. *Mesdames ! En scène !* 1 vol. in-12, br. Illustrations de *Guillaume et Lourdey*. 3 fr. 50, net   3 fr.

Les Programmes Illustrés

des Théâtres et des Cafés-Concerts

MENUS, CARTES D'INVITATION, PETITES ESTAMPES, ETC.

Par **Ernest MAINDRON**. — Préface par P. VEBER

Un splendide volume in-4, cartonnage artistique, contenant 40 pages de texte avec des reproductions de vignettes, cartes de visite, adresses, etc., gravées et dessinées par les meilleurs artistes du XVIII° siècle, et plus de 60 planches en couleurs, reproduction des plus *belles affiches de Chéret*, *Neumont, Guillaume, Job, Gerbault, Willette, Caran d'Ache, Rochegrosse, Ibels, Roubille, Roedel, etc.*

Au lieu de **21 fr.** Net . . . . . . **8 fr.**

Nouvelles Acquisitions

LIVRES DE LUXE A GRAND RABAIS

Les Beaux Messieurs de Bois Doré, par George Sand, 250 illustrations sur bois par Adrien Moreau. Deux beaux volumes gr. in-8, imprimés sur papier vélin. Br. au lieu de 80 fr. . . . Net. **24** fr.
Belle reliure d'amateur, au lieu de 100 fr. . . . . Net. **36** fr.
Suite de 10 grandes compositions d'Adrien Moreau pour illustrer *les Beaux Messieurs de Bois Doré*, gravées à l'eau-forte par Boulard, Géry-Bichard et Vion. 1 album grand in-8, au lieu de 20 fr. . . . . Net. **6** fr.

Le Chevalier de Maison Rouge, par Alexandre Dumas, 160 compositions de Julien Le Blant, gravées sur bois par Léveillé, 2 beaux vol gr. in-8 imprimés sur pap. vélin. Br. au lieu de 50 fr. Net. **16** fr.
Belle reliure d'amateur, au lieu de 70 fr. . . . . Net. **28** fr.
Suite de 10 grandes compositions de Julien Le Blant, pour illustrer *Le Chevalier de Maison Rouge*, grav. à l'eau-forte par Géry-Bichard, 1 album gr. in-8, au lieu de 20 fr. Net. **6** fr.

Les Chouans, par Balzac, 105 compositions par Julien Le Blant, gravées sur bois par Léveillé, 1 beau vol. gr. in-8. Br. au lieu de 40 fr. . . . Net. **13** fr.
Belle rel. d'amateur, au lieu de 50 fr. . . . . Net. **19** fr.
Suite de 8 grandes compositions de Julien Le Blant, grav. à l'eau-forte par Boilvin. 1 album gr. in-8, au lieu de 20 fr. . . . . Net. **6** fr.

La Curée, par E. Zola. 75 compositions de Georges Jeanniot, grav. sur bois par Ruffe et 6 compositions hors texte, grav. à l'eau-forte par Louis Muller, 1 beau vol. gr. in-8 papier vélin. Br. au lieu de 25 fr. . . . . Net. **7** fr. **50**
Belle reliure d'amateur, au lieu de 35 fr. . . . . Net. **13** fr. »

Une page d'amour, par E. Zola, 90 compositions par Thévenot, grav. sur bois par Blanadet et Romagnol et 6 comp. hors texte grav. à l'eau-forte par Louis Muller, 1 beau vol. gr. in-8, pap. vélin. Br. au lieu de 25 fr. Net. **7** fr. **50**
Belle reliure d'amateur, au lieu de 35 fr. . . . . Net. **13** fr. »

Roi de Carmague, par Jean Aicard, ouvr. orné de 78 compositions de Georges Roux, grav. sur bois par Baud et Hamel et de 14 eaux-fortes par Ruet. 1 beau vol. in-8, papier vélin Br. au lieu de 25 fr. . . . . . Net. **7** fr. **50**
Belle reliure d'amateur, au lieu de 30 fr. . . . . Net. **10** fr. »

Sylviane, par Ferdinand Fabre, 75 compositions de Georges Roux gravées sur bois, dont 13 planches hors texte, un beau volume in-8, papier vélin. Br. au lieu de 25 fr. . . . . , Net. **7** fr. **50**
Belle reliure d'amateur, au lieu de 30 fr. . . . . Net. **10** fr. »

La Russie, Impressions-Portraits-Paysages, par Armand Silvestre, illustré de 79 compositions de Henri Lanos dont 5 gravées à l'eau-forte, par Abot, de Billy et Courtry et 74 gravures sur bois, 1 beau volume gr. in-8. Br. au lieu de 25 fr. . . . . Net. **2** fr. **75**
Belle reliure, au lieu de 35 fr. . . . . Net. **6** fr. **75**

Le Pompon vert. par Gustave Toudouze, 115 illustrations de Georges Jeanniot. 1 superbe volume in-8. Br. au lieu de 15 fr. Net. **3** fr. **25**
Belle reliure, au lieu de 20 fr. . . . . Net. **4** fr. **75**

Charles Monselet, Sa vie, son œuvre, par André Monselet, préface de Jules Claretie, contenant une série de documents artistiques, eaux-fortes de Bénassit, Bracquemond, Desboutin, Desmoulins et Monselet. 1 vol. in-8. Br. au lieu de 20 fr. . . . . Net. **3** fr. **25**

L'Œuvre de François Boucher *d'après les dessins originaux*. — Album de 100 planches in-folio, au lieu de 100 francs . . . . Net. **40** fr.

L'Œuvre de Antoine Watteau *d'après les dessins originaux*. — Album de 100 planches in-folio, au lieu de 100 francs . . . . Net. **40** fr.

L'Œuvre de Prud'hon *d'après les dessins originaux*. Reproduction des plus belles compositions du maître. Album de 50 planches, in-4, au lieu de 100 fr. . . . . Net. **35** fr.

Avis. — Les livres annoncés ci-dessus, étant tirés à petit nombre, nous nous réservons d'en augmenter le prix d'ici peu.

LIVRES DE LUXE A GRAND RABAIS

25 Dessins en Couleurs de François BOUCHER
Très belles épreuves avant lettre

Magnifique album in-folio . . . . Au lieu de 150 fr. Net. **30** fr.
— — — exemplaire sur Chine . . . . . . — 250 — **50** fr.

Le Grand Boucher, 8 pièces en couleurs : *Les trois grâces, La Poésie épique, Poésie lyrique, l'Histoire, l'Astronomie, les Portraits de Mesdames Boucher et Baudoin, l'Éventail du Docteur Piogé*. Ces superbes gravures réunies en carton portefeuille, format in-folio. Au lieu de 200 fr . . . . Net. **40** fr.

Daphnis et Chloé, par Longus, Compositions de Raphaël Collin, 12 planches hors texte gravées à l'eau-forte par Champollion, 5 en-têtes, 5 culs-de-lampe et 18 sujets dans le texte ; imprimés par Chamerot, sur papier à la forme du Marais, portant le titre de l'ouvrage dans la pâte. Tirage limité à 1.000 exemplaires. — Un beau volume in-8, broché. Au lieu de 100 fr . . . . Net. **40** fr.
Belle reliure d'amateur, coins. Au lieu de 115 fr. . . . . Net. **46** fr.
Les 40 compositions de Raphael Collin sont autant de petits chefs-d'œuvre exécutés dans cette teinte harmonieuse et douce qui convenait admirablement à ce sujet. Champollion, comme aquafortiste, s'est véritablement surpassé dans cette admirable suite.

Voyage sentimental en France et en Italie, par Sterne. Splendide vol. illustré de 12 planches hors texte en photogravure d'après les aquarelles, par Maurice Leloir, 70 en-têtes, 70 motifs en manière de lettres ornées, 70 culs-de-lampe, formant une illustration d'une valeur artistique sans précédent. — Un volume grand in-8 colombier sur papier vélin, au lieu de 50 fr. Net. **20** fr.
Belle reliure d'amateur, coins, 65 fr . . . . Net. **28** fr.
Maurice Leloir s'est attaché à reconstituer les mœurs, les intérieurs, les costumes du xviii° siècle. On retrouvera dans les délicieuses compositions de ce volume toutes les qualités qui ont fait la réputation de cet artiste.

Le Roman comique, par Scarron, 330 compositions dont 30 de page entière, par Edouard Zier. Un fort vol. in-8 colomb., imp. sur papier vélin. Au lieu de 30 fr. Net. **12** fr. — Belle rel. d'amateur, coins. Au lieu de 50 fr . Net. **20** fr.

Histoire de Manon Lescaut et du chevalier des Grieux, par l'abbé Prévost, 237 illustrations de Maurice Lenoir, comprenant 12 planches hors texte, gravées à l'eau-forte par Ruet, et 225 sujets formant têtes de pages, avec encadrements différents, gravés sur bois par Huyot. — Un beau volume in-8 colombier, broché, 60 fr. Net. **27** fr. — Belle reliure d'amateur, coins, 80 fr . . . . Net. **35** fr.
Ce splendide ouvrage, qui a sa place marquée dans toutes les bibliothèques, a été édité avec le plus grand soin, et les quelques exemplaires qui nous restent seront bien vite épuisés. — Le même ouvrage broché, texte anglais Net. **15** fr.

Histoire des Ballons et des Aéronautes célèbres de 1783 à 1890, par Gaston Tissandier. — Ouvrage de grand luxe comprenant 29 en-têtes ou commencements de chapitres, 28 lettres ornées, 29 culs-de-lampe, 24 planches hors texte et 21 planches coloriées. Tous ces sujets sont gravés en photogravure et tirés en taille-douce, formant un ensemble artistique de premier ordre. — 2 magnifiques volumes in-8 jésus brochés. Au lieu de 100 fr. Net. **30** fr. — Riche reliure d'amateur, tête dorée, coins, 120 fr . . . . Net. **45** fr.

La vie de Lazarille de Tormès, traduction nouvelle, par Morel-Fatio. Nombreuses illustrations et eaux-fortes de Maurice Leloir. — Un vol. in-8, broché. Au lieu de 30 fr. Net. **10** fr. — Reliure d'amateur, tête dorée, coins, 40 fr . . . . Net. **16** fr.
Ce livre, paru vers la fin du règne de Charles-Quint, est le plus populaire et le plus répandu de la littérature espagnole ; c'est l'Espagne peinte avec ses misères, ses vices et ses ridicules.

Contes d'un buveur de bière, par Charles Deulin. 100 illustrations de Kauffmann, gravures sur bois de Quesnel de Willemsens. — Un beau volume in-8, reliure artistique, au lieu de 25 fr . . . . . Net. **9** fr. **75**

Art et nature, par Roger Milès. Splendide vol. grand in-8, illust. de 35 eaux-fort. et lithog. originales de Puvis de Chavannes, Roll, Rousseau, Diaz, Daubigny, etc. Chaque page de texte ornée d'un élégant filet rouge. Broché, au lieu de 50 fr . Net. **15** fr.

Nos oiseaux, par A. Theuriet, 110 compositions de Giacomelli et 20 grandes aquarelles, superbe imp. sur beau papier vélin. — Un beau vol. grand in-4, broché en carton. Au lieu de 300 fr. Net. **125** fr. — Reliure maroquin, coins, 350 fr . . Net. **170** fr.

Le salon de M. le comte de La Beraudière

Cet album spécialement consacré à la décoration se compose de **34** aquarelles en couleurs. *La toilette de Vénus, avec son cadre, deux attributs, trois écrans, un canapé et vingt-quatre motifs pour fauteuils,* d'après les peintures de François Boucher.
Cet ouvrage, très bien exécuté, est indispensable à tous ceux qui s'occupent de la décoration des appartements, en donnant un aperçu du goût délicat apporté dans un ameublement du XVIII° siècle. Ces planches sont la reproduction exacte du salon de M. le comte de la Beraudière, qui a été vendu 650.000 fr. à une famille américaine. — Magnifique ouvrage en carton tiré à petit nombre. Au lieu de 250 fr . . . . Net. **40** fr.

LIVRES DE GRAND LUXE

Exemplaires de choix. Tirages sur grand papier

Zola (Emile). UNE PAGE D'AMOUR. 1 vol. in-8 jésus, broché, sur papier de Chine, tiré à 130 exemplaires, illustré par F. THÉVENOT de 90 compositions gravées sur bois et d'une triple suite de 6 eaux-fortes hors texte. Epreuves avant lettre, avec remarque en 2 états et un tirage à part des compositions tirées sur papier de Chine et réunies sous emboîtage, de toutes les gravures sur bois du volume. Au lieu de 125 francs . . . . Net **37 50**

Aicard (Jean). ROI DE CAMARGUE. 1 vol. in-8 écu, broché, sur papier de Chine, tiré à 40 exemplaires, orné de 78 gravures sur bois par BAUD et HAMEL, et de 14 eaux-fortes hors texte avant lettre par RUET, d'après les compositions de Georges ROUX Au lieu de 75 fr. . . . . Net **22 50**

Le Même, exemplaire sur papier vélin, contenant 2 suites des eaux-fortes, avant lettre et avant lettre avec remarque. Au lieu de 50 fr. . . . . Net. **10** »

Le Même, 1 vol. broché, format in-18 sur chine, avec 14 compositions hors texte gravées sur bois. Au lieu de 15 fr. . . . . Net. **5** »

Fabre (Ferdinand). SYLVIANE. 1 vol. in-8 écu, broché, sur papier Japon tiré à 35 exemplaires. Orné d'environ 75 gravures sur bois, dont 13 hors texte, en deux états, en noir et en bistre, d'après les compositions de Georges ROUX. Au lieu de 75 francs . . . . Net **22 50**

Silvestre (Armand). LA RUSSIE. Impressions, Portraits, Paysages. 1 vol. in-8 jésus, broché, sur papier Japon, tiré à 35 exemplaires, illustré de 79 compositions de Henri LANOS, dont 5 gravées à l'eau-forte. Epreuves avant lettre, avant toute lettre, avant lettre avec remarque et eau-forte pure avec remarque. Au lieu de 75 francs. . . . . Net **22 50**

Le même sur papier de Chine. Tiré à 40 exemplaires avec les 4 suites. Net **22 50**

Le Même, sur papier vélin mécanique, tiré à 25 exemplaires, mêmes gravures et mêmes suites. Au lieu de 40 francs. . . . . Net **12** »

Toudouze (Gustave). LE POMPON VERT. 1 vol. in-8 raisin, broché, sur papier Japon, tiré à 60 exemplaires, orné de 115 illustrations de Georges JEANNIOT, gravées sur bois. Au lieu de 50 francs. . . . . Net **10** »

Charles Monselet. SA VIE, SON ŒUVRE, par André MONSELET. Préface par Jules CLARETIE. 1 vol. in-8 raisin, broché sur papier Japon, tiré à 25 exemplaires, contenant une série de documents artistiques, une suite d'eaux-fortes avant lettre en noir et avant lettre en bistre, par BÉNASSIT, BRACQUEMOND, DESBOUTIN, DESMOULINS et Etienne MONSELET. Au lieu de 50 francs . . . . Net **15** »

Le même, sur papier de Chine, tiré à 25 exemplaires. Même illustration. Au lieu de 50 francs . . . . Net **15** »

ENSEIGNEMENT PRATIQUE DES BEAUX-ARTS

Collection illustrée in-8 à Net 5 fr. 25

J. GODON. La peinture sur toile imitant les tapisseries. 1 vol.
KARL-ROBERT. Le dessin et ses applications. 1 vol.
— Enluminure des livres d'heures. 1 vol.
— Fusain sans maître. 1 vol.
— Gravure à l'eau-forte. 1 vol.
— Modelage et sculpture. 1 vol.
— Pastel. 1 vol.
— Aquarelle-Paysage, avec planches en couleurs et en noir. 1 vol.

KARL-ROBERT. Aquarelle-Figure, avec planches en noir et en couleurs. 1 vol.
— Peinture à l'huile, paysage. 1 vol.
— Peinture à l'huile, portrait et genre. 1 vol.
— La céramique. 1 vol.
— La photographie. 1 vol.
MEYER (A.). L'art de l'émail de Limoges ancien et moderne. 1 vol.
ROCHET (Ch.). Traité d'anatomie appliquée aux beaux-arts. 1 vol.

Collection illustrée in-8 à 1 fr. 75

J. CLOSSET. La pyrogravure. 1 vol.
G. FRAIPONT. Le dessin à la plume. 1 vol. in-8.
— Manière d'exécuter les dessins pour la photogravure et la gravure sur bois. 1 vol. in-8.
— L'art de prendre un croquis et de l'utiliser. 1 vol. in-8.
— Le crayon et ses fantaisies. 1 vol. in-8.
— Le fusain. 1 vol. in-8.
— Eau-forte, pointe sèche, burin, lithographie. 1 vol. in-8.
— L'art de peindre les Marines. 1 vol.
— L'art de peindre les Paysages. 1 vol.
— L'art de peindre les Fleurs. 1 vol.
— L'art de peindre les Figures. 1 vol.

G. FRAIPONT. L'art de peindre les Animaux. 1 vol.
— L'art de peindre les Natures mortes. 1 vol.
KARL-ROBERT. Le fusain sur faïence. 1 v. in-8.
— Le Croquis de route et la Pochade à l'aquarelle. 1 vol. in-8 avec nombreux croquis, deux planches en couleurs.
— Précis d'Aquarelle. 1 vol. in-8, illustré.
LABITTE. L'art de l'enluminure. 1 vol. in-8.
LIBONIS. Traité pratique de la couleur dans la nature et dans les arts. 1 vol. in-8.
OTTIN. L'art de faire un vitrail. 1 vol. in-8.
RIS-PAQUOT. Traité pratique de peinture sur faïence et porcelaine. 1 vol. in-8.

Collection à 1 fr. 35

ALLONGÉ. Le fusain, in-8.
GABORIAUX. (A.). A B C du peintre. 1 v. in-18.
KARL-ROBERT. Les procédés du vernis Martin. 1 vol. in-18, grav.
— La peinture sur émail. 1 vol. in-18.
— Traité pratique de la miniature. 1 vol. in-18, grav.
— Traité pratique des peintures sur étoffe. 1 v. in-18, grav.
— Traité pratique des peintures à la gouache. 1 vol. in-18, grav.
— Traité pratique de la photominiature. 1 vol. in-18, grav.
— L'Aquarelle-paysage (abrégé). 1 vol.

KARL-ROBERT. Les éléments de la perspective pratique. 1 vol. in-18, grav.
— L'imitation des tapisseries anciennes. 1 vol. in-18, grav.
— Le vitrail simplifié. 1 vol. in-18, grav.
— Le découpage artistique, la marqueterie, la pyrogravure. 1 vol. in-18, grav.
— Les imitations céramiques, la métallisation du plâtre, la galvanoplastie. 1 vol. in-18, grav.
POULAIN. La lepidochromie ou l'art de décalquer et fixer les couleurs du papillon. 1 vol. in-8, avec gravures.
ROCHET. Petit atlas d'anatomie artistique. 1 vol. in-8, avec 40 planches.

Ouvrages Pratiques de RIS-PAQUOT

L'Art de Bâtir, Meubler et Entretenir sa Maison

5ᵉ édition. 1 vol. in-8 avec 243 gravures explicatives. Broché. . . . . 5 fr. 25
Relié toile. . . . . 6 fr.

Le Livre du Bourgeois-Campagnard

ou

MANUEL DES OCCUPATIONS, TRAVAUX ET PLAISIRS DE LA CAMPAGNE

2ᵉ édition. 1 vol. in-8 avec 350 gravures. Broché . . . . 5 fr. 25
Relié toile . . . . 6 fr.

Le Livre de la Femme d'Intérieur

TABLE — COUTURE — MÉNAGE

2ᵉ édition. 1 vol. in-8 avec 291 gravures. Broché . . . . 5 fr. 25
Relié toile . . . . 6 fr.

Enseignement pratique des Beaux-Arts (Suite)

BLANC (Charles)

Grammaire des Arts décoratifs. Décoration intérieure de la maison. Nouvelle édition, revue et augmentée d'une introduction sur les lois générales de l'ornement. 1 vol. in-8 jésus de 400 pages, orné de 250 gravures.
Broché (net), 9 fr.
Reliure toile, avec fers, 11 fr 50

Grammaire des Arts du dessin. Architecture, sculpture, peinture. jardins. gravure en pierres fines, gravure en médailles, gravure en taille-douce. eau-forte, manière noire. aquatinte, gravure sur bois, camaïeu, gravure en couleur. 1 vol. gr. in-8 jésus de 700 pages orn. de 300 grav. dans le texte. (Net), 9 fr.
Reliure toile, avec fers, 11 fr. 50

Les Styles enseignés par l'exemple

(LIBONIS)

Styles modernes. Europe : Art Byzantin. Arts modernes. 1 vol. in-4, avec 350 gravures choisies et spécialement dessinées pour la publication.
Broché, 18 fr. — Relié, 20 fr.
Styles français. 1 vol. in-4 avec 350 gravures.
Broché, 18 fr. — Relié, 20 fr.
Styles antiques d'Orient et d'Extrême-Orient. 1 vol in-4 avec 350 gravures.
Broché, 18 fr. — Relié, 20 fr.

(Eugène Cicéri). **Cours complet d'Aquarelle-Paysage.** Nouvelle édition française. 43 fac-simile d'aquarelles en deux états. 1 vol. in-4, avec 24 gravures dans le texte.
En carton, 27 fr. — Relié, 36 fr.

(Gaston Gérard). **Cours complet d'Aquarelle-Figure** enseigné par l'aspect, en 22 leçons et 12 aquarelles. Planches gr. in-4. avec notices explicatives.
En carton, 27 fr.

ORNEMENTATION

L'Ornementation des Origines au XVIII° siècle.

Par E. GUILLOT (superbes planches en couleurs).

Des origines au XII° siècle, 1 album. 16 planches en couleurs. 2 fr. 75
XIII° siècle. 1 album, 16 planches. 2 fr. 75
XIV — — — 2 fr. 75
XV — — — 2 fr. 75
XVI — — — 2 fr. 75
XVII et XVIII° siècles, 1 album. 16 pl. 2 fr. 75
Modèles de peinture sur faïence et porcelaine. 1 album de 16 planches. 2 fr. 75
Modèles de broderies, 1 album, 16 planches. 2 fr. 75

Modèles d'enluminure appliquée aux objets les plus usuels, 1 album, 16 pl. 2 fr. 75
Thé Louis XV. 2 fr. 75
Les Insectes, 1 album. 16 planches. 2 fr. 75
Fleurs naturelles et ornementales. 1 album de 16 planches. 3 fr. 50
Alphabet de style, 1 album de 17 pl. 2 fr. 75
Cours élémentaire d'enluminure. 1 album, 16 planches. 1 fr. 50

Bibliothèque des Recettes pratiques

Chaque volume : broché, 1 fr. 75.

(Cardon). **L'Art au foyer domestique** (la décoration de l'appartement). 1 vol. illustré.
(Ris-Paquot). **Le Mobilier.** 1 vol.
Les petites occupations manuelles et artistiques d'amateur (dessin, modelage. découpage, etc.). 1 vol. illustré.
Le Vêtement, le Linge et les Accessoires de la Toilette. 1 vol.
Manuel du Collectionneur de Timbres, 1 vol. illustré.
Boissons et Liqueurs. 1 vol. illustré.
Hygiène. Médecine. Parfumerie. 1 vol.
Les Animaux de la basse-cour et de la ferme. 1 vol.

Entremets et Desserts, 1 vol. illustré.
L'Art de restaurer soi-même les Porcelaines, Marbres, Cristaux, etc. 1 vol. illustré.
Recettes culinaires. etc., 1 vol.
L'Habitation (construction, entretien, réparation, etc.) 1 vol. illustré.
La Cuisine maigre, 1 vol.
Rousseau (Mme). **L'Art de cultiver les Fleurs et Plantes d'appartement.** 1 vol. illustré.
L'Art de passer son temps au bord de la mer. 1 vol. avec 75 gravures et 4 planches en couleurs.

Cette bibliothèque donne à ses lecteurs des conseils. indications. tours de main utiles, faciles et bon marché. L'illustration des volumes est toujours explicative et pratique.

BIBLIOTHEQUE DES JEUX

Format in-8°.

Jeu d'échecs. 0 fr. 60
Jeux de Trictrac et de Jacquet. 0 fr. 60
Jeu de Dames. 0 fr. 60
Jeux d'Ecarté. Rams et Polignac 0 fr. 60
Jeu de Piquet. 0 fr. 60
Jeux de Bézigue et de Grabuge. 0 fr. 60
Jeu de Baccarat 0 fr. 60
Jeux de Whist et de Bridge. 0 fr. 60
Jeu de Poker. 0 fr. 60

Jeu de Manille. 0 fr. 60
Domino (le) et ses patiences. 0 fr. 95
Patiences aux cartes. 1re série (le Passe-temps). 0 fr. 95
Patiences aux cartes. 2e série (Heures de loisirs). 0 fr. 95
Patiences aux cartes, 3e série (Délassements). 0 fr. 95

MAGNIFIQUE COLLECTION DE BEAUX LIVRES

Illustrés d'eaux-fortes par les meilleurs artistes

LIBRAIRIE DES BIBLIOPHILES (Jouaust).

Ces ouvrages de grand luxe sont vendus avec un rabais considérable

BIBLIOTHÈQUE ARTISTIQUE, FORMAT IN-16

VOLTAIRE. ROMANS. Illustrés de 12 planches de Laguillermie. 5 vol., riche reliure d'amateur. Au lieu de 60 fr. . . . net 32 fr. »
— Broché 45 fr. . . . . . net 22 fr. 50

ROBINSON CRUSOÉ. Ouvrage illustré de 9 planches de Mouilleron. 4 vol., riche reliure d'amateur. Au lieu de 50 fr. . net 37 fr. 50
— Broché 40 fr. . . . . . net 27 fr. »

B. de SAINT-PIERRE. PAUL ET VIRGINIE. Illustré de 6 planches de Laguillermie, riche rel. d'amateur. Au lieu de 25 fr. net 13 fr. »
— Broché 20 fr. . . . . . net 10 fr »

NADAUD. CHANSONS. Illustré de 12 eaux-fortes de E. Morin. 3 vol., riche reliure d'amateur. Au lieu de 50 fr. . net 28 fr »

LESAGE. LE DIABLE BOITEUX. 9 planches de Lalauze. 2 vol., riche reliure d'amateur. Au lieu de 38 fr . . . . . net 12 fr. 50
— Broché 30 fr. . . . . . net 7 fr. 50

SCARRON. ROMAN COMIQUE. 10 planches de Flameng. 3 vol., riche reliure d'amateur. Au lieu de 45 fr. . . . . . net 19 fr. »
— Broché 35 fr. . . . . . net 12 fr. 50

ROUSSEAU. CONFESSIONS. 13 planches par Hédouin. 4 vol, riche reliure d'amateur. Au lieu de 65 fr. . . . . . net 35 fr. »
— Broché 50 fr. . . . . . net 25 fr. »

LES MILLE ET UNE NUITS. 21 planches de Lalauze. 10 vol., riche reliure d'amateur. Au lieu de 120 fr. . . . . . net 55 fr. »
— Broché 90 fr. . . . . . net 45 fr. »

BRANTOME. LES DAMES GALANTES. 10 planches d'Ed. de Beaumont. 3 vol., riche reliure d'amateur Au lieu de 50 fr. net 45 fr. »
— Broché 40 fr. . . . . . net 36 fr. »

STRAPAROLE. LES FACÉTIEUSES NUITS. 14 planches de Champolion. 4 vol., riche rel. d'amateur. Au lieu de 60 fr. . net 32 fr. »
— Broché 45 fr. . . . . . net 22 fr. 50

BEAUMARCHAIS. LE BARBIER DE SÉVILLE. LE MARIAGE DE FIGARO. 9 planches et portrait par d'Arcos. 2 vol Riche reliure d'amateur. Au lieu de 40 fr. . . . net 21 fr. »
— Broché 32 fr. . . . . . net 16 fr. »

CAZOTTE. LE DIABLE AMOUREUX. 7 planches de Lalauze 1 vol. Riche reliure d'amateur. Au lieu de 25 francs . . . net 15 fr. »
— Broché 20 fr. . . . . . 10 fr. »

HOFFMANN. CONTES. 11 eaux-fortes de Lalauze. 2 vol. riche rel. d'amateur. Au lieu de 45 fr. . . . . . net 22 fr. »
— Broché 36 fr. . . . . . net 18 fr. »

FAUBLAS. LES AMOURS. 15 planches de P. Avril. 5 vol. riche reliure d'amateur. Au lieu de 80 fr. . . . . . net 25 fr. »
— Broché 60 fr. . . . . . net 15 fr. »

DON QUICHOTTE. 17 planches de Worms. 6 vol. riche reliure d'amateur. Au lieu de 90 fr. net. . . . . . net 32 fr. »
— Broché 75 fr. . . . . . net 18 fr. 75

LA FONTAINE. CONTES. 11 planches de Beaumont. 2 vol, riche reliure d'amateur. Au lieu de 46 fr. . . . . . net 17 fr. »
— Broché 35 fr. . . . . . net 10 fr. »

LA FONTAINE. FABLES. 12 planches de Adan. 2 vol riche reliure d'amateur. Au lieu de 46 fr . . . . . net 17 fr. »
— Broché 40 fr. . . . . . net 12 fr. »

MONTESQUIEU. LETTRES PERSANES 8 planches de Beaumont. 2 vol., riche reliure d'amateur. Au lieu de 38 fr. . . . net 20 fr. »
— Broché 30 fr. . . . . . net 15 fr. »

GŒTHE WERTHER. 7 planches de Lalauze. 1 vol., riche reliure d'amateur. Au lieu de 25 fr. . . . . . net 13 fr. »
— Broché 20 fr. . . . . . net 10 fr. »

FLORIAN FABLES. 7 planches de Adan. 1 vol. riche reliure d'amateur. Au lieu de 25 francs. net . . . . . net 10 fr. »
— Broché 20 fr. . . . . . net 7 fr. »

QUINZE JOYES DU MARIAGE 21 planches de Lalauze. 1 vol., riche reliure d'amateur. Au lieu de 35 fr. . . . . . net 18 fr. »
— Broché 30 fr. . . . . . net 15 fr. »

SILVIO PELLICO MES PRISONS. 7 planches de Bramtot. 1 vol., riche reliure d'amateur. Au lieu de 25 fr. . . . . . net 10 fr. »
— Broché 20 fr. . . . . . net 7 fr. »

LES CAQUETS DE L'ACCOUCHÉE. 14 planches de Lalauze. 1 vol., riche reliure d'amateur. Au lieu de 38 fr . . . . . net 15 fr. »
— Broché 25 fr. . . . . . net 12 fr. 50

GOLDSMITH. LE VICAIRE DE WAKEFIELD. 9 eaux-fortes de Lalauze. Riche rel. d'amateur. 2 vol. Au lieu de 35 fr. . net 13 fr. 50
— Broché 25 fr. . . . . . net 8 fr. 50

J.-J. ROUSSEAU LA NOUVELLE HÉLOISE. 19 planches par Hédouin. Riche rel. d'amateur. 6 vol. Au lieu de 70 fr. . . . net 27 fr. »
— Broché 45 fr. . . . . . net 13 fr. 50

ACHAT de 100 fr.   Traite 10 fr par mois.

—   200 »   —   15   »   —

OUVRAGES DE BIBLIOTHÈQUES (suite).

ŒUVRES COMPLÈTES DE WILLIAM SHAKESPEARE
Traduction de : F.-Victor Hugo. — Avec une introduction par Victor Hugo.
18 volumes in-8 (Pagnerre). — Au lieu de 90 fr., net **54** fr.

(ŒUVRES DE L. JACOLLIOT) ÉTUDES INDIANISTES

La Bible dans l'Inde. 1 vol. in-8. 6 fr.	net 5 fr. 25	*Le Pariah dans l'Humanité.* 1 v. in-8. 6 fr.	net 5 fr. 25
Christna et le Christ. 1 vol. in-8. 6 fr.	net 5 fr. 25	*Les Traditions Indo-Asiatiques.* 1 vol. in-8. 6 fr.	net 5 fr. 25
Fétichisme.— Polythéisme.— Monothéisme. 1 vol. in-8. 6 fr.	net 5 fr. 25	*Les Traditions Indo-Européennes et Africaines.* 1 vol. in-8. 6 fr.	net 5 fr. 25
Les Fils de Dieu. 1 vol. in-8. 6 fr.	net 5 fr. 25	*La Femme dans l'Inde.* 1 vol. in-8. 6 fr.	net 5 fr. 25
La Genèse de l'Humanité. 1 vol. in-8. 6 fr.	net 5 fr. 25	*Rois, Prêtres et Castes dans les Sociétés antiques.* 1 vol. in-8. 6 fr.	net 5 fr. 25
Histoire des Vierges. 1 v. in-8. 6 fr.	net 5 fr. 25	*La Mythologie de Manou. — L'Olympe brahmanique.* 1 vol. in-8. 6 fr.	net 5 fr. 25
Les Législateurs religieux : 1re série, *Manou,* 1 vol. in-8. 6 fr.	net 5 fr. 25	*La Devadassi (Bayadère),* coméd. en 4 parties, trad. du *Tamoul.* In-8 1 fr.	net 0 fr. 95
Les Législateurs religieux : 2e série, *Moïse.* 1 vol. in-8. 6 fr.	net 5 fr. 25		

HISTOIRE NATURELLE ET SOCIALE DE L'HUMANITÉ
Tome I. — *La Genèse de la terre et de l'homme.* 1 vol. gr. in-8, elzévir au lieu de 8 fr., net **5** fr. **25**.
Tome II. — *Le monde primitif.* Les premiers hommes.— Les races. 1 vol. gr. in-8 elz. au lieu de 8 fr., net **5** fr. **25**

ÉDITION IN-18 A 3 FR. 50, net 3 fr.

Voyage sur les rives du Niger, illustré de gravures par *Moullion.* 1 volume in-18.

Le Spiritisme dans le monde. 1 volume in-18.
Les Chasseurs d'esclaves. 1 vol. in-18.

Laurent (Fr.) HISTOIRE DU DROIT DES GENS (Etudes sur l'histoire de l'humanité)
18 vol. grand in-8. 135 fr., net . . . . **121** fr. **50**
On vend séparément le volume 7 fr. **50**, net 6 fr. **5o**

Tome I. L'Orient.	1 vol.	Tome X. Les Nationalités	1 —
— II. La Grèce	1 —	— XI. La Politique royale	1 —
— III. Rome.	1 —	— XII. La Philosophie du xviiie siècle et le Christianisme.	1 —
— IV. Le Christianisme	1 —	— XIII et XIV. La Révol. française.	2 —
— V. Les Barbares et le Christianisme.	1 —	— XV. L'Empire.	1 —
— VI. La Papauté et l'Empire.	1 —	— XVI. La Réaction religieuse.	1 —
— VII. La Féodalité et l'Eglise.	1 —	— XVII. La Religion de l'Avenir.	1 —
— VIII. La Réforme	1 —	— XVIII. La Philosophie de l'Histoire.	1 —
— IX. Les Guerres de Religion.	1 —		

ALFRED DELVAU
DICTIONNAIRE DE LA LANGUE VERTE
Nouvelle édition augmentée d'un Supplément par FUSTIER
Un beau vol. gr. in-16, sur pap. vergé, 15 fr., net **13** fr. **50**. — Tirage numéroté sur pap. du Japon ou sur Chine, 25 fr., net . . . . **22** fr. **50**.

LES HEURES PARISIENNES
Un beau vol. grand in-16, sur papier vergé, illustré de 25 eaux-fortes et du portrait de DELVAU, 12 fr., net . . **10** fr. **50**

BEAUMARCHAIS
Edition Lemerre (format petit in-12 elzévirien).
Le Barbier de Séville . . . 1 vol.
Le Mariage de Figaro . . . 1 vol.
Prix du volume broché, au lieu de 6 fr.. **4** fr.
Amateur, 6 fr.

G. COURTELINE
LE TRAIN DE 8 HEURES 47
Illustrations en couleurs de A. GUILLAUME.
1 vol. gr. in-8, couverture en couleurs 6 fr.
NET 5 fr. **25**

LOUVET DE COUVRAY
LES AVENTURES DU CHEVALIER DE FAUBLAS
Nouvelle édition (Rozez),
ornée de 8 grav. sur acier, 4 v. in-12. **12** fr.,
NET 10 fr. **50**

Le même.— Edit. bijou, avec 4 grav. de MARILLIER.
4 vol. in-18. 14 fr., net **12** fr. **5o**

MÉMOIRES DE CASANOVA DE SEINGALT
écrits par lui-même
Edit. originale (Rozez). 6 vol. in-12.— Prix : 18 fr.,
NET 16 fr.

Le Japon Artistique
par **BING.** contenant tous les chefs-d'œuvre de l'art japonais, publié avec la collaboration de Goncourt, Burty. Mantz, Renan, Haysahi, etc., etc... Environ 500 planches en couleurs, reproductions d'objets d'art, estampes, émaux, poteries, etc., et 590 gravures dans le texte, 3 magnifiques volumes in-4 reliés. Au lieu de 120 francs, net . . . . **50** francs.

ACHAT de 100 fr.	**Traite 10** fr. **par mois**
— de 200 »	— **15** » —

COLLECTION IN-18 A 3 FR. 50 — NET 3 FR.

ROMANS, CONTES, CHANSONS, RÉCITS, ETC.

AICARD (Jean)

Mélita. Roman bohème . . . . . 1 vol.
La Chanson de l'enfant (Ouv. couron-
né par l'Académie franç.) . . . . 1 vol.
Miette et Noré (Ouvrage couronné par
l'Académie française). . . . . . 1 vol.
Roi de Camargue, Roman . . . 1 vol.
L'âme d'un enfant. — . . . 1 vol.
L'été à l'ombre, — . . . 1 vol.
Notre-Dame-d'Amour, — . . . 1 vol.
Diamant noir, Roman . . . 1 vol.
L'Ibis bleu, — . . . 1 vol.
Fleur d'abîme, — . . . 1 vol.
Jésus, Poème . . . 1 vol.
Don Juan ou la Comédie du siècle . 1 vol.
Le Père Lebonnard. Drame en 4 actes
en vers. . . . . 1 vol.
Othello, le More de Venise, trad. en
vers. 1 vol. gr. in-8, avec portr. . 4 fr.
Net . . . . 3 fr. 50

ALLAIS (Alphonse)

Vive la vie ! Œuvres authumes. . . 1 vol.
Pas de bile ! . . . . 1 vol.

ARÈNE (Paul)

Friquettes et Friquets . . . . . 1 vol.
Domnine. Roman. . . . . . . 1 vol.
Le Midi bouge . . . . 1 vol.

ARÈNE (Paul) et **TOURNIER** (Albert)

Des Alpes aux Pyrénées. Etapes féli-
bréennes, illust. dans le texte . . 1 vol.

ARMELIN (G.)

Le Livre d'Or de 1870 . . . . . 1 vol.
La Gloire des vaincus. Poésies patrio-
tiques (Couronné par l'Académie) . 1 vol.

AUBERT (Georges)

*Le Transvaal et l'Angleterre en Afri-
que du Sud* . . . . 1 vol.
*A quoi tient l'infériorité du Commer-
ce extérieur français ; comment y
remédier* . . . . 1 vol.

AURIOL (G.)

A la façon de Barbari ! . . . . . 1 vol.
Ma chemise brûle . . . . 1 vol.
Le chapeau sur l'oreille . . . . 1 vol.
Hanneton vole ! . . . . 1 vol.
J'ai tué ma bonne . . . . . . 1 vol.
En revenant de Pontoise . . . . 1 vol.
Histoire de rire ! . . . . 1 vol.

BAIHAUT (Ch.)

La vie anxieuse :
— *La Chair à misère* . . . . . . 1 vol.
— *Fini de rire* . . . . 1 vol.
L'Idée suprême de Galérius Kopf . 1 vol.
L'Amoureuse Foi. Roman. . . . 1 vol.
Impressions cellulaires :
Mazas. — Etampes. — Ste-Pélagie . 1 vol.

BONVALOT (G.)

Sommes-nous en décadence . . . . 1 vol.
L'Asie inconnue. A travers le Thibet
avec une carte de l'Itinéraire. . . 1 vol.

BOUKAY (Maurice)

Chansons rouges. Illustrations de
Steinlein. Musique de Legay . . . 1 vol.
Nouvelles Chansons. Préf. de Sully-
Prudhomme. dessins de Balluriau,
Ibels, Steinlen, Willette, etc. . . 1 vol.

BRUANT (Aristide)

Dans la Rue. Chansons et Monolo-
gues Illustrations de Steinlen.
Première série . . . . 1 vol.
Deuxième série . . . . 1 vol.
Sur la Route. Chansons et Monologues,
Dessins de Borgex. . . . . . 1 vol.

CAHU (Th.) et **FOREST** (L.)

L'Oubli ? Alsace-Lorraine, 1877-1899 . 1 vol.

CAHU (Théodore) (Théo-Critt)

Celles qui se donnent . . . . . 1 vol.
Le Déserteur . . . . 1 vol.
Vendus à l'ennemi . . . . . . 2 vol.
Le Soldat français. Illust . . . . 1 vol.
La Ronde des Amours . . . . . 1 vol.
Un Amour dans le Monde. . . . 1 vol.
Loulette voyage . . . . 1 vol.

CHAVETTE (Eugène)

Réveillez Sophie . . . . 2 vol.
La Bande de la Belle Alliette . . . 1 vol.
Les Petites Comédies du vice. Grav.
de Benassit . . . . 1 vol.
Les Petits Drames de la Vertu, des-
sins de Kauffmann . . . . . . 1 vol.
Les Bêtises vraies, pour terminer les
Petites Comédies du vice, eau-forte
et dessins de Kauffmann . . . . 1 vol.

CHEBROUX (E.)

Chansons et Toasts. Préface par A.
Silvestre, illustr. et musique. . . 1 vol.

CIM (A.)

Le célèbre Barastol . . . . . . 1 vol.
Joyeuse Ville . . . . 1 vol.
Emancipées. Roman. . . . . . 1 vol.
Jeunes Amours. Roman . . . . 1 vol.
Institutions de Demoiselles . . . 1 vol.
Bonne Amie. . . . . 1 vol.
Demoiselles à marier . . . . . 1 vol.

COLOMBIER (Marie)

Mémoires. — Fin d'Empire . . . 1 vol.
— Fin de Siècle . . . . 1 vol.
— Fin de Tout. . . . . 1 vol.
Le Prince Brutus . . . . 1 vol.
La plus jolie Femme de Paris . . . 1 vol.
Le Pistolet de la petite Baronne . . 1 vol.
Mères et Filles . . . . 1 vol.
On en meurt. . . . . 1 vol.
*Les voyages de Sarah Bernhardt en
Amérique*. Préface par A. Houssaye.
Caricatures américaines. . . . . 1 vol.
Courte et Bonne . . . . 1 vol.

COURTELINE (Georges)

Un Client sérieux. . . . . . . 1 vol.
Ah ! Jeunesse ! . . . . 1 vol.
Messieurs les Ronds-de-Cuir. Illustr.
de Bombled . . . . 1 vol.
Potiron. Couv. par Steinlein . . . 1 vol.
Les Femmes d'Amis. Illustrations de
Steinlen . . . . 1 vol.
Le Train de 8 h. 47. Dessins de Guil-
laume, tirés en couleur . . . . 1 vol.
Lidoire et Potiron. Dessins de Guil-
laume, tirés en couleur. . . . . 1 vol.
Les Gaietés de l'Escadron, dessins de
Guillaume, tirés en couleur . . . 1 vol.
Boubouroche. Couverture illustrée . 1 vol.

ACHAT de **100** fr. Traite **10** fr. par mois.
— de **200** » — **15** » —

COLLECTION IN-18 A 3 fr. 50. — NET 3 fr.

CRÉPIEUX-JAMIN (J.).

Traité pratique de graphologie Etude du caractère de l'homme d'après son écriture, nouvelle édition avec figures explicatives. . . . . 1 vol.

LE CAPITAINE DANRIT

La Guerre de Demain. Dessins et couvertures en coul. de P. de Sémant. (Ouvrage couronné par l'Académie française).
— La Guerre de Forteresse . . . 2 vol.
— En Rase Campagne . . . . . 2 vol.
— En Ballon. . . . . 2 vol.

DANRIT et DE PARDIELLAN

Le Journal de guerre du lieutenant Von Piefke. . . . . 2 vol.
Contre partie de la « Guerre de Forteresse » racontée par un officier allemand.

DAUDET (Alphonse)

La Fédor. Pages de la vie. Illustrations de Fabrès. . . . . 1 vol.
Aventures prodigieuses de Tartarin de Tarascon. Ill. de Rossi. Montégut, Myrbach. . . . . 1 vol.
Tartarin sur les Alpes. Ill. de Myrbach, Aranda, Rossi . . . . 1 vol.
Port-Tarascon. Dernières aventures de l'illustre Tartarin, ill. par Bieler, Montégut, Montenard, etc. . . 1 vol.
Jack. Ill. par Rossi et Myrbach . . 1 vol.
Trente ans de Paris. Illust. de Montégut, Myrbach, Rossi, etc. . . . 1 vol.
Sapho. Édition illustrée par Rossi, Myrbach, etc. . . . . 1 vol.
Souvenirs d'un homme de lettres. Ill. Montégut, Rossi, de Bieler, Myrbach, etc. . . . . 1 vol.
L'Obstacle. Dessins de Bieler, Gambard, Marold et Montégut . . . . 1 vol
Rose et Ninette. Frontispice de Marold. 1 vol.
Les Rois en exil. Ill. de Bieler, Myrbach, etc. . . . . 1 vol.
L'Evangéliste. Ill. de Marold, etc. . 1 vol.
Robert Helmont. Ill. de Picard, etc . 1 vol.

DAUDET (A.) et HENNIQUE (L.)

La Menteuse. 80 dess. de Myrbach. . 1 vol.

DRUMONT (Edouard)

De l'or, de la boue, du sang 100 dessins de G. Coindre. . . . . . 1 vol.
La France juive . . . . 2 vol.
La France juive devant l'opinion . . 1 vol
Mon vieux Paris. (Couronné par l'Ac. franç... Illustrations de G. Coindre. 2 vol.
(Chaque volume se vend séparément).

DUBOIS (F.)

Tombouctou la mystérieuse. Ill. de photograv. Ouvrage couronné par l'Académie française . . . . . 1 vol.

GORON (ancien Chef de la Sûreté)

Mémoires. — De l'Invasion à l'anarchie 1 vol.
—   A Travers le Crime. . 1 vol.
—   Haute et basse Pègre. . 1 vol.
—   La Police de l'Avenir. . 1 vol.
L'Amour à Paris.
— L'Amour criminel . . . . . 1 vol.
— Les Industries de l'Amour . . 1 vol.
— Les Parias de l'Amour. . . . 1 vol.
— Le Marché aux Femmes . . . 1 vol.

GRAND-CARTERET (J.)

La Femme en culotte, 50 croquis de Fau et 225 reproductions documentaires . . . . 1 vol.
L'Affaire Dreyfus et l'Image. Reprod. de dessins, caricatures . . . . . 1 vol.

GUYOT (Yves)

Doctrines socialistes du Christianisme. 1 vol.
Un Drôle . . . . 1 vol.
Un Fou . . . . 1 vol.
Voyages et découvertes de M. Faubert 1 vol.

GYP

Les Cayennes de Rio. . . . . . . 1 vol.
Israël . . . . 1 vol.
Journal d'un Grinchu. . . . . . 1 vol.
Les femmes du Colonel. . . . . . 1 vol.

MAEL (Pierre)

Reine-Marguerite . . . . 1 vol.
Pour l'Amour . . . . 1 vol.
Les lurons de la Jeanne . . . . . 1 vol.
Julia la Louve . . . . 1 vol.
Eva et Lilian. Roman . . . . . . 1 vol.
Le cœur et l'honneur . . . . . . 1 vol.
Petit Ange . . . . 1 vol.
Amour d'Orient . . . . 1 vol.
Mariage mondain. Roman . . . . 1 vol.
Amours simples . . . . 1 vol.

MALOT (Hector)

Sans famille. (Ouvrage couronné par l'Académie française . . . . . . 2 vol.
En famille (Ouvrage couronné par l'Académie française. . . . . . 2 vol.
La petite Sœur. . . . . 2 vol.

MAUPASSANT (Guy de)

Sur l'eau. Ill. de Riou . . . . . 1 vol.
Contes du Jour et de la Nuit. Ill. de Paul Cousturier. . . . . 1 vol.
Toine. Illustrations de Mesplès. . . 1 vol.

PRADELS (Octave)

Chansons gauloises. Dessins de José Roy . . . . 1 vol.
Gaillardises. Dessins de Moloch . . 1 vol.
Pour dire entre femmes. Illustr. de Trilleau. . . . . 1 vol.
Pour dire entre hommes. Illustr. de Kauffmann. . . . . 1 vol.
Les Desserts gaulois. 2e sér. de *Pour dire entre hommes.* Ill. de Fraipont 1 vol.
Contes joyeux et Chansons folles. Ill. de Kauffmann. . . . . 1 vol.

PRESSE JUDICIAIRE PARISIENNE (La)

Contes du Palais. Illustrés (se vendent séparément) . . . . 3 vol.

RICHE (Daniel)

Féconde . . . . 1 vol.
Stérile . . . . 1 vol.
L'Agonie d'une jeunesse . . . . . 1 vol.
Le charme d'amour. (Ouv. cour.) . . 1 vol.
Trouble d'âme. Roman . . . . . 1 vol.
Les ressources secrètes . . . . . 1 vol.

RICHEBOURG (Emile)

Une haine de femme. . . . . . . 1 vol.
Les hontes de l'amour. . . . . . 1 vol.
Les martyrs du mariage . . . . . 1 vol.
Cœurs de Femmes . . . . 1 vol.
Le secret d'une tombe . . . . . . 1 vol.
La jolie dentellière . . . . 1 vol.

ACHAT de **100 fr.** Traite **10 fr.** par mois.
—   de **200** »   —   **15** »   —

COLLECTION IN-18 A 3 fr. 50. — NET 3 fr.

SILVESTRE (Armand)

Histoires inconvenantes. Illustr de Le Riverend . . . . 1 vol.
Contes tragiques et sentimentaux. Ill. de P. Lacressonnière . . . . . 1 vol.
Contes irrévérencieux. Illustrations de Kauffmann . . . . 1 vol.
Le conte de l'archer, illust . . . 1 vol.
Le célèbre Cadet-Bitard. Illustrations de Fraipont . . . . 1 vol.
Rose de mai. Roman. 100 dessins de Courboin . . . . 1 vol.
Contes à la brune. Illustrations de Kauffmann . . . . 1 vol.
En pleine fantaisie. Illustrations de Beauduin . . . . 1 vol.
Pour faire rire. Illust. et eau-forte de Kauffmann . . . . 1 vol.
Histoires belles et honnestes. Illustrations de Kauffmann . . . . . . 1 vol.

SIMON (Jules)

Derniers mémoires. Illustrés par Lœwitz . . . . 1 vol.
Mémoires des autres. Illustrations de Noël Saunier . . . . 1 vol.
Nouveaux mémoires des autres. Illustrations de Léandre . . . . . 1 vol.

STAFFE (baronne)

Usages du monde. Règles du Savoir-Vivre . . . . 1 vol.
Le cabinet de toilette . . . . . . 1 vol.
La maitresse de maison, ou l'Art de recevoir chez soi . . . . . . 1 vol.
Traditions culinaires et l'Art de manger toutes choses à table . . . . 1 vol.
La correspondance dans toutes les circonstances de la vie . . . . . 1 vol.

Mes secrets pour plaire et pour être aimée . . . . 1 vol.
La femme dans la famille, ... 1 vol.

TOLSTOI (Comte Léon)

De la vie. Traduction revue par l'auteur . . . . 1 vol
L'argent et le travail, avec une préface par Emile Zola . . . . . . 1 vol.

TOLSTOI (Léon) et BONDAREFF (Timothée)

Le travail. Traduit du russe par Tseytline et A. Pagès. . . . . . 1 vol.

XANROF

Mesdames!... en scène!. Couv. ill. de Guillaume et ill. dans le texte . . 1 vol.
Coins du cœur. Ill. de Guillaume . . 1 vol.
La forme, la fo...o...orme Dessins de Bombled . . . . 1 vol.
L'œil du voisin. Ill. de Lourdey. . . 1 vol.
Lettres ouvertes . . . . 1 vol.
L'amour et la vie. Illustrations de Guillaume . . . . 1 vol.
Pochards et pochades. Illustrations et portrait, par José Frappa . . . 1 vol.
Chansons ironiques (avec musique). Illustrations de Balluriau . . . . 1 vol.
Chansons à rire (avec musique). Illustrations de Grün et Lourdey. . . 1 vol.
Paris qui m'amuse. Ill. de Lourdey. 1 vol.

YANN-NIBOR

Gens de mer. Illustr. de P. Jobert. 1 vol.
Chansons et récits de mer. Préface de P. Loti, illustrés par Couturier. . 1 vol.
Couronné par l'Académie française.
Nos matelots. Préface de J. Claretie. Illustrations de Couturier et Gino. 1 vol

ROMANS DE PIERRE SALES

Le ruban rouge :
  L'Honneur du Mari . . . . . 1 vol.
  Le Rachat de la Femme . . . . 1 vol.
Le secret du blessé. Illustrations de Rudaux. . . . . 1 vol.
Le haut du pavé . . . . 1 vol.
Les Madeleines. . . . . 1 vol.
Jeanne de Merceur . . . . . . 1 vol.
Louise Mornans . . . . 1 vol.
Mariage manqué. Nouvelles . . . 1 vol.
Le Sergent Renaud. — L'Américaine. 2 vol.
Le puits mitoyen . . . . 1 vol.
Abandonnées . . . . 1 vol.
Une vipère. — Orphelines ! . . . . 2 vol.
Le diamant noir . . . . 1 vol.
La mèche d'or . . . . 1 vol.
La femme endormie. . . . . . . 1 vol
Un drame financier. — Robert de Campignac . . . . 2 vol.

Incendiaire !. . . . . 1 vol.
Sacrifiée ! — Pierre Sandrac. . . . 2 vol.
L'Enfant du péché. — Passions de jeunes filles . . . . 2 vol.
Fille de prince. — Premier prix d'opéra . . . . 2 vol.
Miracle d'amour. — Le petit charbonnier . . . . 2 vol.
La Fée du Guildo. — La Malouine. . 2 vol.
Le Corso rouge. — L'Ecuyère . . . 2 vol.
Femme et maitresse. — Marthe et Marie . . . . 2 vol.
Vivianne de Montmoran. — Marquis de Trevenec . . . . 2 vol.
Chaine dorée. — Olympe Salverti. . 2 vol.
La course aux millions. — La Mariquita. . . . . 2 vol.
Beau page . . . . 1 vol.
L'Argentier de Milan. . . . . . . 1 vol.

ACHAT de 100 fr.   Traite 10 fr. par mois.
— de 200 »   — 15 » —

OUVRAGES DE BIBLIOTHÈQUES (*Suite*).

ŒUVRES COMPLÈTES DE PROUDHON

Qu'est-ce que la propriété ? — 1er Mémoire. Recherches sur le principe du droit et du gouvernement. — 2e Mémoire. Lettre à M. Blanqui sur la propr. 1 v. in-18. 3.50. Net. **3**

Avertissement aux propriétaires. — Plaidoyer de l'auteur devant la Cour d'assises de Besançon ; Célébration du dimanche; De la concurrence entre les chemins de fer et les voies navigables ; le Miséréré. 1 vol. in-18. 3.50. Net **3**

De la création de l'ordre dans l'humanité ou Principes d'organisation politique. 1 vol. in-18. 3 50. Net **3**

Système des Contradictions économiques ou Philosophie de la misère. 2 vol. in-18. 7 fr. Net. **6

Solution du problème social. — Organisation du crédit et de la circulation. Banque d'échange. Banque du peuple. 1 vol. in-18. 3 50. Net **3**

La Révolution sociale. — Le Droit au travail et le droit de propriété. L'impôt sur le revenu. 1 vol. in-18. 3.50. Net . . **3**

Du Principe fédératif. — Si les traités de 1815 ont cessé d'exis. 1 v. in-18. 3.50. Net. **3**

Les Confessions d'un Révolutionnaire. — Pour servir à l'histoire de la Révolution de Février. 1 vol. in-18. 3.50. Net. **3**

Idée générale de la Révolution au XIXe siècle. (Choix d'études sur la prat. révol. et industrielle). 1 vol. in-18. 3.50. Net. **3**

Manuel du Spéculateur à la Bourse. 1 vol. in-18. 3.50. Net **3**

La Guerre et la Paix. — Recherches sur le principe et la constitution du droit des gens. 2 vol. in-18. 7 fr. Net. . . . **6**

Théorie de l'Impôt. 1 vol. 3.50. Net. **3** »»

Des Réformes à opérer dans l'exploitation des chemins de fer. 1 vol. in-18. 3.50. Net. . . . . **3** »»

Majorats littéraires — Fédération et Unité en Italie. Les démocrates assermentés. 1 vol. in-18. 3 50. Net. . . **3** »»

Brochures et Articles de Journaux, lettres, etc., depuis février 1840 jusqu'à 1852 (réunis pour la première fois). Articles du *Représentant du Peuple*, du *Peuple*, de la *Voix du Peuple*, du *Peuple de* 1850. 3 vol. in-18. 10.50. Net **9 50**

Philosophie du Progrès. — La Justice poursuivie par l'Eglise. 1 vol. in-18. 3.50. Net. . . . . **3** »»

De la Justice dans la Révolution et dans l'Eglise. 4 vol. in-18. 14 fr. Net. **12.50**

Théorie de la propriété, suivie d'un plan de l'Exposition universelle. 1 v. in-18. 3.50. Net . . . . **3** »»

De la Capacité politique des classes ouvrières. 1 vol. in-18. 3.50. Net. . **3** »»

France et Rhin. 1 vol. in-18. 2.50. Net **2 25**

Théorie du mouvement constitutionnel. 1 vol. in-18. 3.50. Net . . . . **3** »»

La Pornocratie ou les Femmes dans les temps modernes. 1 v. in-18. 3.50. Net. **3** »»

Amour et Mariage. 1 vol. in-18. 3.50. Net . . . . **3** »»

Du Principe de l'Art et de sa destination sociale. 1 vol. in-18. 3.50. Net. . **3** »»

Césarisme et Christianisme, avec une préface par M. Langlois, 2 vol. in-18. 7 fr. Net. . . . . **6** »»

P.-J. PROUDHON. — **Abrégé de ses Œuvres.** 1 fort vol. in-18. 3 fr. 50. Net. . **3 fr.**

GRAND RABAIS

P.-J. Proudhon : CORRESPONDANCE
14 volumes in-8. — Prix : **20 fr.**, au lieu de **70 fr.**

GRANDS HISTORIENS CONTEMPORAINS ÉTRANGERS

Buckle. — *Histoire de la Civilisation en Angleterre.* Traduction Baillot. Nouvelle édition. 5 vol. in-18. 17 50. Net. **15.50**

Mottley. — *La Révolution des Pays-Bas an XVIe siècle.* 6 vol. in-18, 21 fr. Net. **19** »»

J.-W. Draper. — *Histoire du Développement intellectuel de l'Europe.* Trad. de L. Aubert. 3 vol. in-18. 10.50. Net. **9.50**

Mommsen. — *Histoire Romaine.* Trad. de Guerle. Nouv. éd. 7 v. in-18. 24.50. Net. **22.50**

Format in-8

G. Bancroft. — *Histoire des Etats-Unis d'Amérique.* Trad. de Gamond. 9 v. 54 fr. Net. **48 60**

Dargaud. — *Histoire d'O. Cromwell.* 1 vol. 6 fr. Net. **5 25**

Dixon. — *La Nouv. Amérique.* 1 v. 6 f. Net **5 25**

Max Duncker. — *Les Égyptiens.* — *Les Nations sémitiques.* — *Histoire de l'Antiquité.* Nouv. édit. 1 vol. 6 fr. Net. **5 25**

J.-G. Findel. — *Histoire de la Franc-maçonnerie*, depuis son origine jusqu'à nos jours, trad. de l'allemand, par E. Tandel. 1 vol. 12 fr. Net. . **10 50**

G.-G. Gervinus. — *Histoire du XIXe siècle*, depuis les traités de Vienne, av. l'*Introduction* d'ap. la 4e éd. allem. Trad. de J.-F. Minssen, 23 v. 138 f. Net **124 20**

G. Grote. — *Histoire de la Grèce*, depuis les temps les plus reculés jusqu'à la fin d'Alexandre le Grand. Trad. de Sadous. 19 vol. (cour. par l'Académie française). 114 fr. Net. . . . **102 60**

J.-G. Herder. — *Philosophie de l'Histoire de l'Humanité.* Trad. de E. Tandel. 3 vol. 18 fr. Net. . . . . **16** »»

W. Irving. — *Vie de Mahomet.* Traduction de Henri Georges. 1 v. 6 fr. Net. **5 25**

Karcher. — *Études sur les institutions politiques et sociales de l'Angleterre.* 1 vol. 6 fr. Net **5 25**

J.-H. Kirk. — *Histoire de Charles le Téméraire, duc de Bourgogne.* Trad. de Ch. Flor O'Squarr. 3 vol. 18 fr. Net **16** »»

J.-L. Mottley. — *Histoire des Provinces-Unies des Pays-Bas*, depuis la mort de Guillaume le Taciturne. Trad. de Rordy. 3 v. 18 fr. Net. . . . . **16** »»

Peel (sir Robert). — *Mémoires.* Trad. de E. de Laveleye. 2 vol. 12 fr. Net **10 50**

W.-H. Prescott. — *Histoire du règne de Ferdinand et d'Isabelle.* Trad. de G. Renson. 4 vol. 24 fr. Net . . . **22** »»

— *Histoire de la Conquête du Pérou.* Trad. de H. Poret. 3 vol. 18 fr. Net. **16** »»

— *Histoire de la Conquête du Mexique.* Trad. A. Pichot. 3 v. avec cartes et gravures. 18 fr. Net . . . . . . **16** »»

— *Essais de Biographie et de Critique; Mélanges historiques et littéraires.* 2 vol. 12 fr. Net. **10 50**

ACHAT de 100 fr. **Traite 10** fr. **par mois.**
— **de 200** » — **15** » —

NOUVELLE BIBLIOTHÈQUE CLASSIQUE

Magnifiques éditions de Bibliophiles. — Tirage en grand papier de luxe.

Chaque volume format in-8, collection JOUAUST. Au lieu de 30 fr., net 9 fr. 50.

BOILEAU. Œuvres . . . Chine	2 vol.	
— — . . Whatman.	2	—
BOSSUET. Discours sur l'histoire universelle. . Chine.	2	—
— Oraisons funèbres. Chine.	1	—
— — Whatman.	1	—
CALIDASA. Sacountala. . . Chine.	1	—
CHAMFORT. Œuvres choisies. Chine.	2	—
— — Whatman.	2	—
CHÉNIER (André). Poésies. Chine.	1	—
— — Whatman.	1	—
CORNEILLE. Théâtre. . . Chine.	5	—
COURIER. Œuvres. . . Chine.	3	—
— — . . Whatman.	3	—
DIDEROT. Œuvres choisies. Chine.	6	—
— — Whatman.	6	—
LA BRUYÈRE. Les Caractères. Chine.	2	—
LA BRUYÈRE. Les Caractères. . Whatman.	2 vol.	
MALHERBE. Poésies. . . Chine.	1	—
— — Whatman.	1	—
MOLIÈRE. Théâtre. . . . Chine.	8	—
— — . . Whatman.	8	—
MARIVAUX. Théâtre. . . Chine.	2	—
— — . . Whatman.	2	—
MONTESQUIEU. Grandeur et décadence des Romains. Chine.	1	—
RABELAIS. Œuvres . . . Chine.	4	—
RACINE. Théâtre. . . . Chine.	3	—
— — Whatman.	3	—
REGNARD. Théâtre. . . Chine.	2	—
REGNIER. Œuvres. . . . Chine.	1	—
RIVAROL. Œuvres choisies. Chine.	2	—
— — Whatman.	2	—

Mémoires relatifs à l'Histoire de France et Classiques Français

Editions imprimées avec le plus grand luxe.
Tirage : 20 exemp. sur Chine et 20 sur Whatman.

Chaque volume, format in-18. Au lieu de 10 fr., net 3 fr.

BOILEAU. Œuvres poétiques. Chine.	2 vol.	
BOSSUET. Discours sur l'histoire universelle. . Chine.	2	—
— — Whatman.	2	—
BOUFFLERS. Contes. . . . Chine.	1	—
— — Whatman.	1	—
BRANCAS (Duchesse de). Mémoires. Chine.	1	—
— — Whatman.	1	—
CALISADA. Sacountala. . . Chine.	1	—
— — Whatman.	1	—
CHAMFORT. Œuvres choisies. Chine.	2	—
CHOISY (l'abbé de). Mémoires sur le siècle de Louis XIV. Chine.	2	—
— — Whatman.	2	—
DIDEROT. Œuvres choisies. Chine.	6	—
DU HAUSSET (Mme). Mémoires. Chine.	1	—
— — Whatman.	1	—
FÉNELON. Education des filles. Chine.	1	—
— Whatman.	1	—
FONTENELLE. Œuvres choisies. Ch.	2	—
— — Whatman.	2	—
LA FONTAINE. Fables . . Chine.	2	—
— Contes . . Chine.	2	—
LIGNE (Prince de). Œuvres choisies. Whatman.	1	—
LINGUET. Mémoires sur la Bastille. Ch.	1	vol.
— — Whatman.	1	—
LOUVET DE COUVRAI. Mémoires. Chine.	2	—
— Whatman.	2	—
MOLIÈRE. Œuvres. . . Chine.	8	—
MONTAIGNE. Œuvres. . . Chine.	7	—
RABELAIS. Œuvres. . . . Chine.	4	—
RACINE. Théâtre . . . . Chine.	3	—
RIVAROL. Œuvres choisies. Chine.	2	—
— — Whatman.	2	—
ROTROU. Théâtre choisi. Chine.	2	—
— — Whatman.	2	—
SAINT-ÉVREMOND. Œuvres choisies. Chine.	2	—
— — Whatman.	2	—
STERNE. Voyage sentimental. Chine.	1	—
VOITURE. Lettres. . . . Chine.	2	—
— — Whatman.	2	—
VOLTAIRE. Théâtre. . . . Chine.	1	—
— Romans et contes. Ch.	4	—
— Poésies. . . . Chine.	1	—
— Histoire de Charles XII. Chine.	2	—
— Dictionnaire philosophique. . . Chine.	2	—

Classiques Français

Edition de luxe, format in-8. Chaque volume, au lieu de 20 et 30 fr., net 6 fr. 50.

LE SAGE. *Histoire de Gil Blas*, préface de F. Sarcey. Portrait grav. p. Nargeol. Hollande.	2 vol.	
LA BRUYÈRE. *Les Caractère*, publ. par L. Lacour. Portr. p. Flameng. Hollande.	2	—
— — Chine.	2	—
— — Whatman.	2	—
LA FONTAINE. *Fables*. Notice par P. Lacroix. Portrait par Flameng. Hollande.	2	—
— — Chine.	2	—
— — Whatman.	2	—
MONTAIGNE. *Essais*. (Edit. de 1588 publ. par Motheau et Jouaust, notice par de Sacy, portrait p. Gaucherel. Hollande.	4 vol.	
PASCAL. *Pensées*, avec portrait par Gaucherel. Hollande.	1	—
— *Les Provinciales*. Préface par F. Sarcey. Hollande.	1	—
— — Chine.	1	—
— — Whatman.	1	—
VILLON. *Œuvres complètes*, publ. par P. Lacroix. Hollande.	1	—
— — Chine.	1	—
— — Whatman.	1	—

ACHAT : 100 fr. — Traite : 10 fr. par mois.
— 200 ». — — 15 » —

OUVRAGES DE BIBLIOTHÈQUES (Suite).

Gustave Doré. **Histoire des Croisades,** par MICHAUD, magnifique publication illustrée de 100 grandes compositions de GUSTAVE DORÉ, 2 beaux volumes in-folio, papier vélin de Hollande, numérotés à la presse, avec gravures sur Chine, cartonnage artistique. Au lieu de 400 fr. . . . . *Net* **95** fr.
Il nous reste très peu d'exemplaires de cette édition qui a été tirée seulement à 112 exemplaires.
Le même ouvrage, édition ordinaire, cartonnage artistique. Au lieu de 170 fr. *Net* **75** fr.

Œuvres de Lamartine, comprenant : *Méditations poétiques, Harmonies Recueillements poétiques, Jocelyn, Chute d'un ange. Poèmes et poésies divers. Graziella, Raphael. Le Tailleur de pierres de Saint-Point.* Edition de grand luxe (Hachette et Furne), imprimée en caractères elzéviriens avec lettrines ornées, têtes de chapitres et culs-de-lampe, encadrements et titres en rouge. — 9 volumes grand in-8.
Papier de Chine. Au lieu de 300 francs . . . . *Net* **150** fr.
Papier Whatman. Au lieu de 450 francs . . . . *Net* **175** fr.
Cette édition tirée à 100 exemplaires sur papier de Chine et sur papier Whatman est complètement épuisée : il ne nous reste que deux exemplaires.

La Sainte Bible. Traduction de LEMAISTRE DE SACY, belle édition accompagnée de notes explicatives par l'abbé DELAUNAY, illustrée de 41 planches sur acier. Edition Curmer. — 5 volumes grand in-8, brochés. Au lieu de 100 francs. *Net* **38** fr.
Belle reliure de bibliothèque, tête dorée. Au lieu de 100 francs . . . . *Net* **63** fr.

Histoire Universelle, par CANTU, 20 volumes in-8 brochés. Au lieu de 114 francs *Net* . . . . **35** fr.
En bonne reliure de bibliothèque. Au lieu de 150 francs . . . . *Net* **60** fr.

Physiologie du goût, par BRILLAT SAVARIN, magnifique ouvrage illustré de 200 gravures et 7 planches hors texte par Bertail. Un vol. in-8, broché. 15 francs . . . . *Net* **7 50**
Riche reliure d'amateur. Au lieu de 25 francs. . . . . *Net* **11** »

Dictionnaire Historique et Héraldique de la Noblesse française, par M. DE MAILHOL, rédigé dans l'ordre patronymique, d'après les archives des anciens parlements, les manuscrits de d'Hozier et les travaux des auteurs. Comprenant : *La Notice des familles nobles existant actuellement en France, avec le dessin et la description de leurs armes.*
Environ 12,000 notices, 1,400 gravures, 2,111 pages de texte imprimé sur beau papier vélin (1895-1896) 3 volumes grand in-8. Au lieu de 120 francs . . . . . . *Net* **20** fr.
Relié demi-chagrin, tranches jaspées . . . . *Net* **32** fr.

Dictionnaire de la Noblesse, par LACHENAYE-DESBOIS et BADIER. Contenant les généalogies, l'Histoire et la Chronologie des familles nobles de France, l'explication de leurs armes et l'état des grandes terres du royaume, possédées à titre de Principautés, Duchés, Marquisats, Comtés, Vicomtés, Baronnies, etc., par création, héritages, alliances, donations, substitutions, etc.
Edition refondue et réimprimée conformément au texte des auteurs. — 19 tomes en 39 volumes in-4 brochés. Au lieu de 475 francs . . . . *Net* **175** fr.

Journal du Marquis de DANGEAU, publié en entier pour la première fois par Soulié, Dussieux, de Chenevières, Mantz, de Montaiglon, avec additions inédites du Duc de Saint-Simon, 1684-1720. — 19 volumes in-8 brochés. Au lieu de 114 francs . . . . *Net* **45** fr.
Tous les esprits sérieux s'accordent à regarder le journal de Dangeau comme une source précieuse de renseignements les plus variés sur la seconde moitié du règne de Louis XIV. Tout y est décrit, simplement, avec sécheresse, mais aussi sans passsion, avec la plus grande exactitude et la plus scrupuleuse probité. Il est difficile de comprendre, dit Saint-Simon, comment un homme a pu avoir la patience et la persévérance d'écrire un pareil ouvrage tous les jours pendant plus de cinquante ans. Il écrivait tous les soirs jusqu'aux plus fades nouvelles de la journée, il les dictait toutes sèches, il ne s'en cachait point, et le roi l'en plaisantait quelquefois.

Histoire de la Magie, du Monde surnaturel et de la Fatalité, à travers les temps et les peuples, illustré de 15 planches hors texte — Les Portes du monde surnaturel. — Les mystères des Pyramides. — Les oracles antiques, les sibylles et les sorts — La magie depuis l'ère chrétienne jusqu'à la fin du moyen âge. — Curiosités des sciences surnaturelles. — Théorie générale de l'Horoscope. — Clefs générales de l'Astrologie. — 1 beau volume in-8 broché de 666 pages. Au lieu de 20 francs. . *Net* **7** fr.

ACHAT de 100 fr. **Traite 10 fr. par mois.**
— **200** » — **15** » —

Galeries Historiques

DE VERSAILLES

Magnifiques Planches

REPRÉSENTANT TOUTES LES MERVEILLES DE CE VASTE MUSÉE

(Peinture, sculpture, etc.) 2.300 sujets

BATAILLES, MARINES, CÉRÉMONIES, PORTRAITS, SCULPTURES, ORNEMENTS

TABLEAUX, MEUBLES.

ARMOIRIES (environ 1500 écussons or et argent)

EXTÉRIEURS DU PALAIS, JARDINS, ETC.. ETC.

Plus les deux planches de la **Bataille d'Isly,** *par* Horace VERNET, 90✕65

et la **Prise de la Smalah d'Abd-el-Kader,** 1ᵐ40✕65

L'ouvrage complet forme 19 volumes grand in-folio, texte et planches en feuilles, non brochés et réunis en carton-portefeuille, titre or sur chaque volume. Au lieu de 3.600 francs . . . . Net. **750** fr.

Paiement 40 francs par mois.

Le même ouvrage, petite édition. 16 volumes in-folio en 14 cartons-portefeuille. Au lieu de 1.500 francs . . . . Net. **360** fr.

Paiement 25 francs par mois.

AVIS. — *Nous ne possédons plus que quelques exemplaires de cette importante collection qui est destinée à disparaître prochainement du commerce.*

Jules MICHELET

ŒUVRES COMPLÈTES

Edition définitive en 40 vol. Format in-8 cavalier, sur papier de luxe.

Belle reliure demi-chag , tr. jaspées. Au lieu de 400 fr. . . . . . Net **360** fr.
Broché. Au lieu de 300 fr. . . . . Net **270** fr.

Paiement 20 francs par mois.

Nous vendons séparément tous les vol. de Michelet au prix de : Broché 7 50 . Net **6 50**
En demi-reliure chagrin, tranches jaspées 10 fr. . . . . Net **9** »

Histoire de France (*Moyen âge*).	6 vol.	**Le Peuple. — Nos Fils**	1 vol.
— (*Renaissance*)	1 vol.	**Le Prêtre. — Les Jésuites.** . .	1 vol.
— (*Réforme*)	1 vol.	**La Montagne. — L'insecte** . . .	1 vol.
— (*Guerres de Religion*) . .	1 vol.	**L'Amour. — La Femme**	1 vol.
— (*Henri IV*)	1 vol.	**Précis d'Histoire moderne. — In-**	
— (*Richelieu*)	1 vol.	**troduction à l'Hist. universelle**	1 vol.
— (*Louis XIV*).	2 vol.	**La Bible de l'humanité. — Une an-**	
— (*La Régence*)	1 vol.	**née du Collège de France** (1848)	1 vol.
— (*Louis XV*)	1 vol.	**Les Légendes du Nord. — La**	
— (*Louis XV et Louis XVI*) .	1 vol.	**Sorcière**	1 vol.
— (*La Révolution*)	7 vol.	**Les Origines du droit — La**	
— (*XIXᵉ Siècle*)	3 vol.	**France devant l'Europe** . . .	1 vol.
L'oiseau. — La Mer.	1 vol.	**Les Femmes de la Révolution. —**	
Vico	1 vol.	**Les Soldats de la Révolution.**	1 vol.
Histoire romaine	1 vol.	**Lettres à** Mˡˡᵉ **Mialaret** (Mᵐᵉ	
Mémoires de Luther	1 vol.	**Michelet**)	1 vol.

Belle Occasion. --

L'Illustration, Journal universel. Collection complète depuis l'origine jusqu'à 1893 inclus. 102 volumes.

Au lieu de 2.000 fr. . . . . *Net* **1.300** »

Paiement 60 francs par mois.

OUVRAGES DE VULGARISATION
DU DROIT FRANÇAIS USUEL ET PRATIQUE
Prix du volume in-8, broché **4 fr.** — Relié. **4 fr. 50**

E. COQUEUGNIOT
Avocat à la Cour d'appel.

L'AVOCAT des PROPRIÉTAIRES et LOCATAIRES
Fermiers, Usiniers, Hôteliers, Aubergistes, Logeurs

Guide pratique, contenant tous les modèles d'actes, toutes les questions usuelles sur le droit et les *principaux usages locaux de tous les départements et de l'Algérie* . . 1 vol.

E. COQUEUGNIOT

L'AVOCAT des COMMERÇANTS et INDUSTRIELS
des Voyageurs et des Représentants de Commerce

Guide pratique traitant de toute la législation qui régit le commerce et l'industrie, etc. . . . . 1 vol.

ADOLPHE MAUGRAS
Avocat

L'AVOCAT DE LA FAMILLE

Guide pratique, traitant des droits et obligations légales de la famille et des formalités judiciaires qu'ils comportent. 1 vol.

ADOLPHE MAUGRAS
Avocat

GUIDE PRATIQUE DES MAIRES, ADJOINTS
Conseillers Municipaux et Employés de Mairie

Guide pratique, traitant de la législation et de l'administration communales, suivi d'un répertoire alphabétique des questions usuelles d'administration et de police municipales. 1 vol.

E. COQUEUGNIOT
Avocat à la Cour d'appel

L'AVOCAT des AGRICULTEURS et VITICULTEURS

Guide contenant, par ordre alphabétique, toutes les questions juridiques intéressant les agriculteurs et les viticulteurs, accompagné d'une lettre-préface par Ch. Mazeau. . 1 vol.

CUNISSET-CARNOT
Premier Président à la Cour d'appel

L'AVOCAT DE TOUT LE MONDE

Guide pratique de législation usuelle, contenant les principes du droit politique, du Code civil, de la procédure, du droit pénal, les dispositions du Code rural, du Code forestier, les grandes lois usuelles, etc., et un grand nombre de matières usuelles appartenant à l'ensemble du droit. Avec toutes les formules et modèles d'actes usités dans la pratique . . . . 1 vol.

E. COQUEUGNIOT
Avocat à la Cour d'appel

GUIDE DU COMMERÇANT

1° Pour les transports par chemins de fer avec les décrets et tarifs, etc.

2° Dans ses rapports avec l'Administration des postes, affranchissements, etc. 1 vol. in-8 . . . . . **1 fr. 50**

CONNAISSANCES NÉCESSAIRES A UN BIBLIOPHILE
Accompagnées de nombreuses figures

SOMMAIRE DES DIX VOLUMES

TOME 1er : Origine du livre. — Les amateurs, les bibliophiles, les bibliomanes. — Établissement d'une bibliothèque. — Conservation et entretien des livres.

TOME 2 : Du format des livres. — Les livres les plus petits. — Les livres les plus grands. — Les livres imprimés ou calligraphiés en caractères microscopiques. — Du collationnement des livres. — De la manière de procéder à cette opération. — Ses difficultés. — Ses résultats. — Abréviations usitées en bibliographie, ainsi que dans les manuscrits et les imprimés. — Signes distinctifs des anciennes éditions. — Des souscriptions et de la date.

TOME 3 : Du choix des livres. — De la lecture. — De la connaissance des livres. — Leurs définitions — Caractères auxquels on distingue un livre rare, précieux ou curieux. — Ce qui en fait le prix. — La chasse aux livres.

TOME 4 : De la reliure ancienne et moderne. — Du goût et des styles dans la reliure. — Petit musée de la reliure ancienne.

TOME 5 : De la gravure et de ses états. — De l'illustration et de la décoration intérieure des livres. — Les livres gravés ou burinés — Les livres avec gravures supprimées, épreuves à l'état d'eau-forte, avec remarques, avant ou avec lettre ; avec dessins originaux, etc. — Les livres avec aquarelles, illustrations ou ornements placés dans le texte ou sur les marges, etc.

TOME 6 : Les Reliures aux Chiffres ou à Monogrammes. — Les Reliures aux Armes. — Les Ex-Libris. — Les livres avec dédicaces ou annotations manuscrites, etc. — Les livres de provenance curieuse ou illustre.

TOME 7 : Les Manuscrits et la Peinture des livres.

TOME 8 : Les ennemis du livre. — Moyens de préserver les livres des insectes. — Destruction des livres et falsification des gravures. — Les voleurs et les équarrisseurs de livres. — Altérations et fraudes. — Nettoyage et encollage des livres et des gravures. — Du dédoublage des gravures. — Réparation des manuscrits, des piqûres de vers, des déchirures et des cassures du papier. — Restauration des estampes et des reliures. — Les livres imprimés sur peau vélin, papiers de Chine, Japon, Whatman, vélin, vergé, etc.

TOME 9 et 10 : De la classification systématique des livres. — De la classification des autographes, des gravures et des manuscrits. — Les catalogues de livres. — Sommaires détaillés des chapitres. — Lexique des termes relatifs à la Bibliographie, à l'Art typographique, etc.

10 Volumes in-8 br. . 80 fr. Net 52 fr. 50 | Belle rel. d'amateur. Net . . . . **90 fr.**

EDITIONS D'ALBUMS DE LUXE

8 Jours dans les Vosges . . . . \
Les Villes d'Eaux de l'Est. . . . |
L'Hiver à Cannes. . . . . . |
La Côte d'Azur. . . . . . . {
Nancy. . . . . |
De Paris à Venise. . . . . . |
Lucerne et ses environs . . . . /

Ces Albums format in-4
sont illustrés de 100 vues en photolypie
représentant les sites et les paysages les plus curieux.

Chaque album, net . . 3 fr.

PETITE BIBLIOTHÈQUE PORTATIVE

Format in-32, impression de luxe avec gravures.

Chaque volume broché, au lieu de 3 fr., net. . . . . **1 fr. 75**
Très belle reliure d'amateur, tête dorée, net. . . . . **3 fr. 75**

LA RELIGIEUSE, par DIDEROT

1 vol. orné de deux eaux-fortes de Kauffmann. Diderot a voulu mettre au grand jour les mystères du cloître à la fin du XVIIIe siècle, car l'on menait alors dans les couvents l'existence la plus fastueuse et la plus mondaine qui se puisse imaginer. On y répudiait les gênes de la vie monastique pour n'en garder que les avantages matériels ; on en simplifiait les devoirs au point de les supprimer tout à fait. C'était le bon temps où le cardinal de Rohan avait organisé à Saverne des chasses restées proverbiales par leur immoralité.

CONTES DE BOCCACE, traduction de Sabatier de Castres.

1 vol. orné de deux eaux-fortes de Kauffmann. Ce livre est le chef-d'œuvre de la prose italienne où avec la grâce naïve se mêle trop souvent le cynisme des mœurs du temps.

ŒUVRES CHOISIES DU CHEVALIER DE BOUFFLERS

Contes en prose et en vers, poésies légères. 1 vol. orné d'une eau-forte par P. Avril. Très curieuses à lire, les œuvres de Boufflers, qui fut un des coryphées de la littérature légère en France, dans le 18e siècle.

AVENTURES DE LAZARILLE DE TORMES

1 vol. illustré de 2 gravures de Robida. Ce livre est un des chefs-d'œuvre de la littérature espagnole. Ces aventures racontées par Lazarille de Tormes lui-même, nous donnent une peinture singulièrement vivante et amusante de l'Espagne pittoresque et picaresque

La Folie Espagnole par Pigault-Lebrun

1 vol., eau-forte de Kauffman. **LA FOLIE ESPAGNOLE** est une des œuvres les plus remarquables de l'auteur. Ce qu'il faut voir chez Pigault-Lebrun, c'est la gaieté et l'entrain ; une imagination vive et facile, souvent sans souci du style et de la vérité, mais se tirant toujours habilement des situations risquées où il conduit ses héros, grâce aux plaisanteries pleines d'une bonne humeur intarissable dont il assaisonne son récit.

FABLES DE LA FONTAINE, gravures de Paul Avril. 1 volume.

CONTES ET NOUVELLES DE LA FONTAINE

Gravures de Fraipont. 2 volumes. Personne plus que le grand fabuliste ne mérite de rester à la mode, par l'exquise poésie et la gaieté charmante de ses Contes.

Mme de Maintenon, Louis XIV et la Cour.

Souvenirs de Madame de Caylus, deux eaux-fortes de Kauffmann. 1 vol. Très intéressant est ce volume, suite rapide d'esquisses et portraits. Mme de Caylus y excelle ; elle prend le point dominant de chaque personnage, sachant ce qu'il faut faire ressortir de chacun.

DAPHNIS ET CHLOÉ

De Longus, traduction de Paul-Louis Courier. 1 volume avec 2 gravures de Paul Avril,

Cette exquise idylle de Longus a été traduite par P.-L. Courier, qui s'est inspiré en la rajeunissant.

PAUL et VIRGINIE, suivi de la CHAUMIÈRE INDIENNE.

Par Bernardin de St-Pierre. 1 vol. avec 2 gravures de Paul Avril.

Ce chef d'œuvre « Paul et Virginie » n'a rien perdu de sa fraîcheur délicate et de sa douceur sentimentale et chaste. Quel drame simple et vrai où l'auteur des *Études sur la nature* le raconte avec une émouvante poésie. Le livre se termine par la *Chaumière Indienne*.

Atala, René, le dernier Abencerage.

Par Chateaubriand. 1 volume avec 2 gravures de P. Avril.

Les 3 œuvres contenues dans ce livre sont des meilleures de l'auteur, et les moralités que Chateaubriand a voulu faire dans Atala sont faciles à découvrir.

LE LION AMOUREUX

Par Frédéric Soulié, 1 vol. avec deux grav. de Robida

L'œuvre la plus courte du maître romancier, celle qui a survécu à toutes les autres, par la sincérité du sentiment et par l'émotion qui s'en dégage.

HISTOIRE DE MANON LESCAUT ET DU CHEVALIER DES GRIEUX

Par l'abbé Prévost, deux gravures de Paul Avril. 1 volume.

Ce livre est un des chefs-d'œuvre de notre langue ; ces déchirantes pages d'amour nous offrent un terrible exemple de la puissance des passions.

Voyage sentimental en France et en Italie

Par STERNE

Ill. de deux gravures de Kauffmann. 1 volume. Ce charmant ouvrage a sa place marquée dans toutes les bibliothèques.

L'ANE D'OR, par Apulée

1 vol. orné de deux eaux fortes par Paul Avril. Il n'y a vraiment rien de plus exquis et de plus spirituel que ce livre. **L'ANE D'OR** est le tableau le plus complet des mœurs du deuxième siècle, l'hypocrisie, la débauche, les mensonges auxquels recourent certaines castes pour faire croire à une puissance surnaturelle. Ce roman est semé d'incidents et d'épisodes, parmi lesquels on remarque l'Histoire du Tonneau, les Aventures de Tlépolème et de Chariclée et le touchant épisode de l'Amour et de Psyché, ce morceau littéraire si ingénieux, si frais et si attachant.

OCCASION

Louis Blanc

HISTOIRE DE 10 ANS

1830 - 1840

5 volumes in-8. Au lieu de **25** fr., net **6,50**

MONOGRAPHIES D'ARTISTES

TEXTE ALLEMAND

Ces monographies, publiées avec le concours de différents auteurs, sont richement illustrées de reproductions des plus importants tableaux de nos maîtres anciens, format grand in-8, cartonnage artistique, tête dorée.

No.	Artiste			No.	Artiste		
1.	Raffael	128 grav.	3 75	23.	Vautier	111 —	3 75
2.	Rubens	115 —	3 75	24.	Botticelli	90 grav.	3 75
3.	Rembrandt	159 —	3 75	25.	Ghirlandajo	65 —	2 50
4.	Michelangelo	95 —	3 75	26.	Veronese	88 —	3 75
5.	Dürer	134 —	3 75	27.	Mantegna	105 —	3 75
6.	Velazquez	46 —	2 50	28.	Schinkel	127 —	3 75
7.	Menzel	141 —	3 75	29.	Tizian	123 —	3 75
8.	Teniers d. J.	63 —	2 50	30.	Correggio	93 —	3 75
9.	A. v. Werner	125 —	3 75	31.	M. von Schwind	162 —	3 75
10.	Murillo	67 —	2 50	32.	Rethel	125 —	3 75
11.	Knaus	67 —	3 75	33.	Leonardo da Vinci	128 —	3 75
12.	Franz Hals	40 —	2 50	34.	Lenbach	101 —	3 75
13.	Van Dyck	55 —	3 75	35.	Hubert und Jan Van Eyck	88 —	3 75
14.	Ludwig Richter	187 —	3 75	36.	Canova	98 —	3 75
15.	Watteau	92 —	3 75	37.	Pinturrichio	115 —	3 75
16.	Thorwaldsen	146 —	3 75	38.	Gebhardt	93 —	3 75
17.	Holbein	151 —	3 75	39.	Memling	129 —	3 75
18.	Defregger	96 —	3 75	40.	Munkacsy	121 —	3 75
19.	Terborch und Jan Steen	95 —	3 75	41.	Klinger	104 —	5 » »
20.	Reinold Begas	117 —	3 75	42.	Stuck	157 —	5 » »
21.	Chodowiecki	204 —	3 75	43.	Giotto	158 —	5 » »
22.	Tiepolo	74 —	3 75				

ROMANS ET VOLUMES DIVERS

Chaque volume, au lieu de **3 fr. 50** et **4 fr.** Net **0 fr. 90**

APOLOGIE de Guillaume de Nassau, prince d'Orange, contre l'édit de proscription publié en 1580 par Philippe II, Roi d'Espagne. — Justification du Taciturne de 1568, correspondances, ordonnances, citations, introduction par A. Lacroix, 1 vol. in-12, cart.

BRIAULT. Les Pyrénées et l'Auvergne à bicyclette. Chartres à Gavarnie par Bordeaux, retour par Clermont. 1 vol. pet in-8.

Ouvrage indispensable aux touristes se proposant de visiter ces pittoresques régions ; l'ouvrage, en outre des renseignements pratiques qu'il contient, renferme quantité de cartes autographiées donnant les profils de la route.

BURGER (W.). Trésors d'art en Angleterre. 1 vol. in-12.

L'auteur, critique d'art des plus distingués, passe en revue les principales collections rassemblées en Angleterre, tant dans les musées royaux que dans les collections particulières ; ces collections renferment des tableaux de toutes les écoles.

CAVILLY (G. de) Le divorce et la séparation de corps à l'usage des gens du monde et la manière de s'en servir. 1 vol. in-12.

Ce livre joint la théorie à la pratique. La seule prétention de cette étude est de fournir le viatique nécessaire aux époux mal assortis, ils y trouveront tous les renseignements relatifs à la procédure.

Faits qui peuvent servir de base à une demande en séparation de corps ou de divorce. Injures, excès, sévices, adultère. Procédure. Commentaire de la loi.

CERFBERR (Gaston). Contes Japonais, ouvrage orné de 36 gravures d'après les dessins de F. Oudart. 1 vol. in-4.

Le chercheur de Trésors Le joueur de flûte. Poisson d'avril. La petite Servante. La Forêt enchantée.

DIDE (Auguste). Hérétiques et révolutionnaires. 1 vol. in-12.

On ne peut faire de l'histoire qu'à la condition de défaire la légende. C'est pour essayer de dégager sur quelques points l'histoire de la légende que ces études ont été réunies. Les devanciers de Luther. La révocation de l'édit de Nantes. Denis Papin. La Révolution. Mirabeau. Fouquier-Tinville. Littérateurs et penseurs pendant la Révolution. Le XVIII brumaire.

D'YS (Paul). L'envers d'un crime. Affaire de Chambord. vol in-12.

Roman dont la scène se passe sur le terrain judiciaire.

ÉTRENNES AUX DAMES. Calendrier des dames françaises pour 1885, 1 vol. in-32, orné d'un portrait à l'eau-forte.

Ce volume contient plus de 20 récits, contes ou nouvelles, écrits spécialement pour les Dames par A. Daudet, A. Dumas, Sully-Prudhomme, B. Godard, V. Hugo, A. Silvestre, A. France, J. Claretie, A. Theuriet, etc.

FONTAINE DE RESBECQ. Voyages littéraires sur les quais de Paris. Lettres à un bibliophile de province, suivies de mélanges tirés de quelques bouquins de la boîte à quatre sols. 1 vol. in-12.

Causeries sur les livres, écrites en forme de lettres à une personne imaginaire.

GORGES (J. M.). La dette publique. Histoire de la Rente française. 1 vol. in-12.

Tout ce qui concerne la Rente s'impose à l'attention du public. Ce volume est non seulement un historique du grand livre, c'est aussi un ouvrage traitant de toutes les questions de banque, monnaie, rente, etc.

HAMILTON. Mémoires de Grammont, 1 vol. in-12.

Édition contenant des extraits du Journal de S. Pepys et de celui de J. Evelyn ; le lecteur trouvera plus d'un côté piquant dans cet ouvrage, l'arrivée de Grammont et son genre de vie aux sièges de Turin et d'Arras, son arrivée à la cour d'Angleterre, ses amours. Relation du siège de Lerida. Les intrigues amoureuses de la cour d'Angleterre, etc.

HEPWORTH DIXON. La Suisse contemporaine, traduit de l'anglais par E. Barbier. 1 vol. in-12.

Étude sur les hommes et les choses, l'auteur passe aussi en revue toutes les institutions de la Suisse contemporaine. Teutons et Celtes. Les communes. Le gouvernement communal. Cantons et demi-cantons. La Confédération. Les Jésuites. Couvent et canton. La lutte des églises. La démocratie et l'école. Genève. Programme des études. L'École et le camp. L'armée, etc.

LE CHARTIER et **LEGRAND**. Guide de France et d'Océanie en France. Ouvrage orné de 32 gravures et accompagné d'une carte et du tableau des prix du passage, des distances et de la durée du voyage. 1 vol. in-12.

Ce livre est en somme tout un guide à l'usage du voyageur désirant faire le tour du monde, partant de Marseille et revenant par Le Hâvre ; il trouvera les renseignements et une notice sur tous les pays près desquels il passera ; c'est d'abord la côte italienne, Naples, le Vésuve, Port Saïd, Suez, le passage de la mer Rouge, Aden, les îles Seychelles, Madagascar, l'île Ste-Marie, Tamatave, de Madagascar à la Réunion, les îles de la Réunion et Maurice, de l'île Maurice à Adélaïde. L'Australie, description de Melbourne et de Sydney. De Sydney à Nouméa, aperçu sur la Nouvelle-Calédonie, réflexions sur la déportation. De Nouméa aux Nouvelles-Hébrides, îles Loyalty, Nouvelle-Zélande. Mœurs indigènes. Les vénus d'Aoba. D'Auckland à Thaïti. Escale aux îles Marquises.

Ensuite c'est le retour par l'Amérique, San Francisco, A travers l'Amérique. New-York. Le Niagara, en route pour Le Hâvre.

LEPAGE. Les cafés artistiques et littéraires de Paris. 1 vol. in-12 broché.

Les cafés du Palais-Royal. Les cafés Procope, Voltaire, Soufflot, Tabourey, de Madrid, de Suède, des Variétés, Frontin, Anglais, de la Paix, Riche, la Maison-Dorée, Tortoni, les Pieds-Humides.

LE NOIR (Dr). Chimie élémentaires. Métalloïdes. Composés des métalloïdes entre eux. Métaux. Combinaison des métaux avec les métalloïdes. Carbures d'hydrogène. Composés ternaires oxygénés du carbure et leurs dérivés. Composés azotés de carbone, etc. 1 vol. in-12, orné de 76 figures dans le texte.

LE NOIR (Dr). Physique élémentaire. Éléments de mécanique. Préliminaires de la physique. Pesanteur. Propriétés générales des corps. Électricité. Électricité développée par action chimique. Electro-magnétisme. Acoustique. Optique. Chaleur. 1 vol. in-12.

Ouvrage de 600 pages orné de 455 figures dans le texte.

LEVER (Ch.). O'Donoghue. Histoire d'une famille Irlandaise, trad. de l'anglais par Bernard-Derosme, 2 vol in-12.

Roman historique dans lequel l'auteur s'efforce de défendre l'Irlande.

LOCKERT (Louis). Les vélocipèdes. 1 vol. in-12 orné de nombreuses figures explicatives.

Cet ouvrage est avant tout un traité pratique à l'usage du touriste, les renseignements qu'il y puisera lui seront d'un grand intérêt ; outre les conseils qu'il donne pour l'entretien de la machine, les vélocipédistes y trouveront quelques notions d'hygiène dont ils feront grand profit.

MADAME SANS-GÈNE (La vraie). Les campagnes de Thérèse Figueur dragon aux 15e et 9e régiments 1793-1815, écrites sous sa dictée par St-Germain Leduc. préface par E. Cère. 1 vol. in-12.

Mémoires d'une femme engagée volontaire. Le Général Doppet, dans ses mémoires, dit se rappeler qu'il reçut en 1793, dans les dragons, une femme servant dans l'armée fédéraliste. « Cette jeune femme, écrit-il, a toujours porté l'uniforme et fait son service ; elle n'a jamais eu une conduite déréglée ni même suspecte. Outre qu'elle se montrait bien en face de l'ennemi, elle ne supportait aucun outrage de ses camarades et mettait souvent le sabre à la main. Elle a emporté dans ses foyers l'amitié de ses frères d'armes et d'excellents certificats. »

Elle prit part depuis ses débuts à la légion allobroge, au siège de Toulon où elle connut Bonaparte ; elle fait sous Dugommier la campagne des Pyrénées-Orientales, en Italie les campagnes de l'an IV et de l'an V, puis assiste à la prise de Berne en l'an VI ; en 1802 elle passe au 9° dragons et prend part aux campagnes d'Allemagne en 1805, notamment à la bataille d'Austerlitz, et à la campagne de Prusse en 1805 ; elle passa les années 1810, 1811 et 1812 en Espagne, années les plus dures de sa carrière. Elle devait avoir pour mari son ami d'enfance. Bernadotte lui-même, malgré son « beau visage », fut amoureux d'elle en pure perte.

MENDÈS (Catulle). La Légende du Parnasse contemporain. 1 vol. in-12.

Recueil de conférences sur la littérature contemporaine, contient aussi des extraits de l'œuvre des poètes contemporains : Th. Gautier, Th. de Banville, A. Glatigny, Villiers de l'Isle-Adam, Sully Prudhomme, A. Mérat, Léon Dierx, etc.

MONTEIL (Edgar). L'amour sublime. 1 vol. in-12.

Très curieux volume écrit pour les Français et les Anglais, nouvelle d'un haut intérêt où l'âme d'une femme est expliquée et commentée avec une élégance parfaite.

MOUGEOT (Dr). La Papille chatouilleuse. Essai sur les saveurs. 1 vol. in-12.

L'auteur a réuni dans ce volume les conférences les plus attrayantes sur les sujets les plus amusants. Le gras, le maigre, truffe et fromage Contraste des saveurs. Maladies du goût. Devoir convivial. La faim, les appétits irascibles.

PAPIERS SECRETS brûlés dans l'incendie des Tuileries, complément de toutes les éditions des : Papiers et correspondance de la famille impériale. 1 vol. in-12.

Le hasard a voulu que quelques heures avant l'incendie des Tuileries, une personne ait pu prendre la copie de ces lettres. On y remarque des lettres relatives aux visées de Louis Napoléon après l'échauffourée de Strasbourg, le texte primitif de la proclamation de St-Arnaud, la liste des publications anti-bonapartistes faites pour la France, des rapports sur la presse, des lettres de l'impératrice, envoyées d'Egypte.

Note concluant à l'inutilité et au danger d'une guerre avec l'Allemagne. Dépêches relatives à la guerre d'Italie. etc.

PICARD-DESTELAN. Annam et Tonkin. 1 vol. in-12.

Notes de voyage d'un marin ; l'auteur, lieutenant de vaisseau dans l'escadre de l'amiral Courbet, passe en revue nos divers traités conclus avec l'Annam, jusqu'au traité du 11 Juin 1885. Il nous raconte dans quelles conditions il a pris part aux combats les plus glorieux de la campagne, dont les plus importants sont ceux de Fou-Tchéou et de Kimpaï.

POITOU. Portraits littéraires et philosophiques. 1 vol. in-12

St-Simon, Vauvenargues, Balzac, A. de Musset, le P. Lacordaire, Ed. Laboulaye, Guizot, F. Cousin.

MARINITSCH. La bourse théorique et pratique. 1 vol. in-8.

Les valeurs mobilières, les Achats-ventes au comptant et à terme. Des reports et combinaisons. Le Monde financier. Les affaires de bourse.

MAX SIMON. Temps passé, journal sans date. 1 vol. in-18.

Récits et souvenirs d'un médecin sur les faits les plus piquants de l'histoire ancienne et moderne, notamment sur les hommes les plus en renom des XVIII° et XIX° siècles, toutes anecdotes absolument inconnues.

MÉNARD (Louis). De la morale avant les philosophes. 1 vol. in-12.

De la nature des dieux. Caractère du culte Hellénique. Conséquences pratiques de l'Hellénisme. Morale sociale. Art, morale politique et économie sociale de la Grèce aux temps héroïques. La démocratie d'Athènes. Conclusions.

QUESNOY (Dr). Les phases de la vie. Du berceau à la tombe. 1 vol. in-12.

Ce petit livre n'a pas la prétention d'examiner toutes les séries de modifications naturelles qui s'opèrent dans les êtres, il ne cherche qu'à rendre sensibles pour tous, des phénomènes que l'on peut constater et suivre dans leurs manifestations, démontrer qu'ils n'ont rien de régulier et de normal et qu'une direction qui entraverait les vues de la nature préparerait de fâcheuses conséquences.

RAYNALY. Les propos d'un escamoteur. Etude critique et humoristique. 1 vol in-12.

Intéressant volume, récits et confidences d'un Prestidigitateur. Souvenirs, observations et réflexions, causeries sur les Physiciens, Escamoteurs, Magiciens, Illusionnistes, Thaumaturges, Charlatans, Trucqueurs, Hypnotiseurs et Magnétiseurs.

RICHARD. Le Bonapartisme sous la République. Le Prince impérial, ses tristesses, les amours de Napoléon IV, sa mort ; manuscrit sur les dernières journées de l'Impératrice aux Tuileries. 1 vol. in-12.

ROBINET (Dr). Danton. Mémoire sur sa vie privée. 1 vol. pet. in-8.

L'auteur, bien connu par ses travaux, s'est attaché surtout à nous faire connaître Danton, d'après des documents absolument inédits et puisés aux sources les plus sûres.

SIDARI. Un amour de Sous-Lieutenant. Episode de la chouannerie en 1830. — Solférino. Histoire véridique à propos d'une jument. — Mémoires d'un cheval d'escadron, dictés par lui-même. En 1 vol. in-12.

SOUWAROW. L'écroulement d'un Empire, roman contemporain, sceptres et couronnes (Sadowa). 2 vol. in-18.

VIBERT. Du plus grand crime au plus petit délit. 1 vol. in-12.

Cet ouvrage ni trop technique ni trop volumineux a été composé pour être compris de tous. Beaucoup de personnes se perdent dans le dédale de nos institutions judiciaires, ou peuvent être appelées à siéger parmi le jury. Le but de ce livre est de leur apprendre à discerner les délits et de leur exposer avec clarté des choses en elles-mêmes un peu confuses, et de faire comprendre à ceux qui n'ont jamais fait de droit, les racines un peu amères de notre Code.

BIBLIOTHÈQUE D'AVENTURES ET DE VOYAGES

Collection couronnée par l'Académie française (Prix Monthyon)

Première série. — **I fr. 10** le volume in-18 Jésus broché.

VOYAGES ET EXPLORATIONS

VOYAGEURS ANCIENS

Bougainville. Voyage autour du Monde. 1 vol.

Chardin (J.). Les Voyages de Chardin en Perse, de Paris à Ispahan (1671-1677). 1 vol.
— La Perse et les Persans . . . . . 1 vol.

Colomb (F.). La Vie et les découvertes de Christophe Colomb, Fernand Colomb, son fils . . . .

Cook (Le capitaine). Le Premier voyage du capitaine Cook. . . . . 1 vol.
— Le Deuxième voyage du Capitaine Cook 1 vol.
— Le Troisième voyage du Capitaine Cook 1 vol.

Cortez (Fernand). Lettres de Fernand Cortez à Charles-Quint . . . . . . 1 vol.

Geslin (Jules). Conquêtes et découvertes de la République des Pays-Bas dans l'archipel Indien. . . . . , . . . 1 vol.

— Conquêtes et découvertes de la République des Pays-Bas en Asie, en Afrique et en Amérique . . . . 1 vol.

La Pérouse. Voyage autour du Monde. 1 vol.

Leguat (F.) Aventures de François Leguat et de ses compagnons en deux îles désertes des Indes occident. (1690-1698). 1 vol.

Lesseps (J.-B. de). Du Kamschatka à Paris. . . . . 1 vol.

Marco Polo. Les Récits de Marco Polo, citoyen de Venise. . . . . 1 vol.

Mungo Park. Les Trois Voyages de Mungo Park en Afrique. . . . . 1 vol.

VOYAGEURS CONTEMPORAINS

Tavernier (J.-B.). Voyages et Aventures en Perse et aux Indes. . . . . . . 1 vol.

Cahun (L.). Une Excursion aux bords de l'Euphrate. . . . . 1 vol.

Cœur (P.). Promenade d'une Femme dans la Régence de Tunis . . . . 1 vol.

Dumont d'Urville. Voy. autour du Monde. 1 vol.

Dupuis (J.). La Conquête du Tonkin par vingt-sept Français sous le commandement de Jean Dupuis. . . . . . 1 vol.

Flatters (Le colonel). Les deux Missions Flatters racontées par un membre de l'une d'elles . . . . 1 vol.

Garnier (P.). Sa Vie, ses Voyages, ses Œuvres, par Edouard Petit . . . . 1 vol

Gros (J.). L'exploration des Régions polaires. . . . . 1 vol.

Nordenskiold. Lettres de Nordenskiold racontant son expédition et la découverte du passage Nord-Est du Pôle Nord . . . . 1 vol.

Soleillet (P.). Les Explorations de Paul Soleillet racontées par lui-même. . . 1 vol.
— Obock, Le Choa, Le Kaffa . . . . . 1 vol.

Stanley (H.-M.). Lettres racontant ses Voyages, ses Aventures et ses Découvertes à travers l'Afrique. . . . . 1 vol.

Tissandier (G.). Histoire de mes Ascensions. . . . . 1 vol.

Deuxième série. — **I fr. 75** le volume in-18 Jésus broché.

ROMANS DE VOYAGE

Boussenard (L.). A travers l'Australie. Les dix millions de l'Oppossum rouge. 1 vol.

Duharry (A.). Voyage au Dahomey. . . 1 vol.
— Les Aventures d'un dompteur, d'un éléphant blanc et de deux Pifferari. . 1 vol.

Ferry (G.). Aventures du capitaine Ruperto Castanos au Mexique. . . . . 1 vol.
— Souven. du Mexique et de la Californie. 1 vol.

Gros (J.). Un volcan dans les glaces. . 1 vol.

Kingston Aventures périlleuses chez les Peaux-Rouges. . . . . 1 vol.

Léouzon Le Duc. L'Ours du Nord. . . 1 vol.

Muller (E.) Un Français en Sibérie. . 1 vol.

Vinson (J.) et Dive (P.). Voyage extravagant, mais véridique, d'Alger au Cap. 1 vol.

NOUVELLE COLLECTION de LIVRES D'UTILITÉ et D'AMUSEMENT

Illustrés à 1 fr. 10 le volume in-18.

MODÈLES DE
LETTRES ET DE TÉLÉGRAMMES

Pour toutes les circonstances de la vie, accompagnés d'un petit traité de la *Correspondance secrète* . . . . 1 vol.

FARCES A FAIRE EN SOCIÉTÉ

Farces pour tous. — Farces à conter, etc. 1 vol.

RÈGLES DE TOUS LES JEUX

Jeux de Cartes. — Petits Jeux de Cartes de Salon. — Jeux divers : Dominos, Dames, etc. — Jeux innocents et gages. . . . . . 1 vol.

LES SONGES ET LES PRÉSAGES

Clef des Songes. — Rêves. — Horoscopes. — L'Avenir dévoilé. — Secrets magiques. 1 vol.

LES BOSSES DE LA TÊTE
ET LES LIGNES DE LA MAIN

Le Caractère d'après l'aspect général des traits, de l'allure, de la démarche. — Du Crâne. — De la Main. — Manière de tirer utilité et profit de ces renseignements . . . . 1 vol.

L'AVENIR DÉVOILÉ PAR LES CARTES

Manière de savoir ce qui arrivera. — Façons diverses de tirer les cartes, etc. . . . 1 vol.

LE NOUVEL ORACLE DU BEAU SEXE

Oracle selon les dieux, selon les philosophes, selon l'évocation des âmes errantes, selon les grands mystiques, selon les planètes et selon les étoiles, etc., etc. . . . . 1 vol.

LA SCIENCE DES COMPTES (MISE A LA PORTÉE DE TOUS)
Par MM. Eugène LÉAUTEY, ✳. ○ I. et Ad. GUIBAULT, ○ A. (16ᵉ édition)

Ce traité est le *vade-mecum* comptable des capitalistes, des commerçants, des fabricants et des administrateurs justement préoccupés: 1º de l'ordre comptable ; 2º de déterminer le prix de revient exact des marchandises ou matières quelconques qu'ils échangent, produisent ou transforment ; 3º d'organiser un contrôle rigoureux des existants en Caisse, en portefeuille, en magasins, en ateliers, en chantiers, etc.: 4º de connaître ainsi la situation effective des valeurs qu'ils mouvementent et d'obtenir, par les comptes, la *permanence* de leur inventaire ; 5º d'être renseignés d'une manière constante sur leurs résultats; 6º enfin, d'obtenir un bilan clair, exact et rationnel de leur Actif et de leur Passif. — *6 médailles d'or uniques :* Paris, Gênes, Lyon, Bordeaux, Bruxelles. Grand Diplôme d'honneur au Concours international de Comptabilité.

Prix : Broché. **7** fr. **50,** *net* **6** fr. **50**. — Relié, **10** fr., *net* **9** fr.

TRAITÉ DES INVENTAIRES ET DES BILANS
Au point de vue Comptable, Economique, Social et Juridique.
Par M. Eugène LÉAUTEY.

A l'usage des Administrateurs de Sociétés, des Censeurs et Commis aux écritures, des Capitalistes (Actionnaires, Obligataires et Commanditaires), des Commerçants, des Comptables, des Publicistes financiers et des Jurisconsultes.

Beau volume in-8. **Prix : 7** fr. **50** broché, *net* **6** fr. **50**. — Relié, **10** fr., *net* **9** fr.

Cours de Comptabilité et de Tenue des Livres
Par M. Eugène LÉAUTEY.

Ce traité classique est conforme au programme des écoles primaires supérieures.

Il comprend des exercices pratiques, soigneusement gradués, de comptabilité domestique et de comptabilité commerciale, au moyen desquels *chacun peut apprendre seul*, sur les *cahiers registres* ci-après, à tenir les livres, à régler un inventaire, à dresser un bilan d'une manière raisonnée. Un volume in-12 de 386 pages.

Prix, cartonné. . . . . **2** fr. **25** (3ᵉ édition).

Cahiers-Registres du Cours (In-4 couronne).

Comptabilité des non-commerçants. **Prix** de la série . . . . **1** fr. **75**
Comptabilité des commerçants. » » . . . . . . **3** fr. **50**

MANUEL UNIVERSEL DE COMPTABILITÉ AGRICOLE
Pratique et Rationnelle, avec modèles d'application
1º Pour les petites et moyennes Fermes. — 2º Pour les grandes Exploitations rurales.
Par M. Eugène LÉAUTEY.

Cet ouvrage est honoré d'une souscription du Ministre de l'Agriculture. Il apporte la solution pratique des problèmes vainement posés jusqu'ici à la Comptabilité de l'Industrie agricole. Avec ce *Manuel pratique*, tout Propriétaire, Gérant, Fermier, Viticulteur, Arboriculteur, Métayer, peut en quelques jours apprendre à organiser, à tenir ou à diriger sa comptabilité, de façon à connaître chaque mois ses prix de revient et sa situation, quel que soit le genre de culture qu'il poursuit. — Magnifique volume in-8.

Prix : Broché, **12** fr., *net* **10** fr. **50** — Relié, **15** fr., *net* **13** fr. **50**

Petite Comptabilité Complète du Foyer Domestique
Par M. Eugène LÉAUTEY.

Beau registre in-4, muni d'instructions enseignant à le tenir, à se rendre compte de ses affaires et à dresser son bilan en fin d'année, sans connaissances comptables préalables. Ce registre peut servir durant plusieurs années. — **Prix,** cartonné **7** fr. **50**

L'ENSEIGNEMENT COMMERCIAL et les ÉCOLES de COMMERCE
en France et dans le monde entier (4ᵉ édition)

Ouvrage contenant l'histoire de l'enseignement commercial dans les divers pays, les monographies détaillées des établissements d'enseignement commercial, l'examen critique de leurs programmes et de leur pédagogie, une étude des réformes dont ils sont susceptibles, un plan complet d'enseignement économique à trois degrés, etc., etc.

Par M. Eugène LÉAUTEY.

Un beau volume de 770 pages, 4ᵉ édition.

Prix : Broché, **7** fr. **50,** *net* **6** fr. **50** — Relié, **10** fr., *net* **9** fr.

OCCASION

LE TOUR DU MONDE

Nouveau Journal des Voyages

Publié sous la direction de M. Edouard CHARTON et illustré par nos plus célèbres artistes (Illustrateurs : *Girardet, Taylor, Duvivier, Riou, Clerget, Philippoteaux, Laguillermie, Deyrolle Gustave Doré*, etc., etc...).

Chaque volume broché, format in-4°, au lieu de **10** fr., net **2** fr. **75**

PORT A LA CHARGE DU DESTINATAIRE

Année	1860	1er semestre.		1 vol.	Année	1869	1er semestre.		1 vol.
—	—	2e	—	1 —	—	—	2e	—	1 —
—	1861	1er	—	1 —	—	1870	1er	—	1 —
—	—	2e	—	1 —	—	1870-71	2e	—	1 —
—	1862	1er	—	1 —	—	1873	2e	—	1 —
—	—	2e	—	1 —	—	1874	1er	—	1 —
—	1863	1er	—	1 —	—	—	2e	—	1 —
—	—	2e	—	1 —	—	1875	1er	—	1 —
—	1864	1er	—	1 —	—	—	2e	—	1 —
—	—	2e	—	1 —	—	1876	1er	—	1 —
—	1865	1er	—	1 —	—	—	2e	—	1 —
—	—	2e	—	1 —	—	1877	1er	—	1 —
—	1866	1er	—	1 —	—	—	2e	—	1 —
—	—	2e	—	1 —	—	1878	1er	—	1 —
—	1867	1er	—	1 —	—	—	2e	—	1 —
—	—	2e	—	1 —	—	1879	1er	—	1 —
—	1868	1er	—	1 —	—	—	2e	—	1 —
—	—	2e	—	1 —	—	1880	1er	—	1 —
					—	—	2e	—	1 —

SOLDE

Albums Timbres-Poste

(L. RICHARD)

ALBUM in-4.

Composé et divisé de façon á s'en servir indéfiniment, orné de dessins des différents types de timbres, ainsi que de nombreuses armoiries de pays ; ouvrage comprenant les émissions de 1840 à 1897 et formant 642 pages Genre demi-reliure, coins, titre en or, 1 vol. Au lieu de 15 fr. Net 6 fr. 50

Le même ouvrage. Avec tables alphabétiques, rel. demi-toile, imp. sur beau papier, 1 volume. Au lieu de 23 fr. Net . . . . 12 fr.

Le même ouvrage. Impression sur beau papier satiné, rel., plaque spéciale, superbe volume. Au lieu de 25 fr., net . . . . 13 fr.

Le même ouvrage. En feuilles, sur papier vélin supérieur, divisé en 3 volumes. Au lieu de 50 fr., net . . . . 25 fr.

Bibliothèque d'Hygiène Thérapeutique

Chaque vol. cart. toile. format in-12. 4 fr.. net 3 fr. 50.

Bourges. L'hygiène du syphilitique.	1 vol.	**Proust** et **Ballet**. Hygiène du neuras-		
Brissaud. L'hygiène des asthmatiques.	1 —	thénique.	1 vol.
Chuquet. L'hygiène des tuberculeux.	1 —	**Proust** et **Mathieu**. L'hygiène des dia-		
Cruet. Hygiène et thérapeutique des		bétiques.	1 —
maladies de la bouche.	1 —	— — L'hygiène de l'obèse.	1 —
Delfau. Hygiène et thérapeutique		— — L'hygiène du goutteux.	1 —
thermales.	1 —	**Springer**. Hygiène des albuminuriques.	1 —
Delfau. Les cures thermales.	1 —	**Vaquez**. Hygiène des maladies du cœur.	1 —

Occasion : SIMON (Jules). NOUVEAUX MÉMOIRES DES AUTRES. Splendide vol. in-8, br. Très belle impression sur pap. vélin. Nombr. illustr. de LÉANDRE. Au lieu de 25 fr , net **5** fr.

SOLDE DE TRÈS BEAUX ALBUMS

Les plus beaux Sites, Monuments et Vues des principaux Pays du Monde.

Chaque volume au lieu de 15 fr., 20 fr. et 25 fr. Net . . . . **2 fr. 75**

Autriche.

Album de 11 planches, superbes gravures, format 29×40, comprenant les monuments, les types et sites de ce pays :

Vienne, Lintz, Prague, Inspruck, Hongrois et Croates, Cathédrale de Prague, Brunn, Eglise Saint-Charles à Vienne, Pesth et Bude, Oberwesel.

Allemagne.

Album de 27 planches en noir et en couleurs. 38×28 ; vues de villes, monuments, etc., comprenant :

Lubeck, Environs de Munich, Brunn, sortie de l'église des Capucins, Berlin, Dresde, Munich, le Panthéon ; Ulm, Hôtel de Ville ; Guinguette allemande, Eglise Saint-Laurent à Nuremberg, Leipzig, Hôtel de Ville de Breslau, Francfort, Hambourg, Brunswick, Eglise St-Martin ; Carlsruhe, Presbourg. ect.

Allemagne et Rhin.

Album de 23 magnifiques planches tirées en noir, épreuves sur chine, montées sur bristol, 30×27, comprenant :

Wiesbade, Drachenfeds, Marché à Boppart, Spire, Braubach, Bade, Heidelberg, Bacharach, Auberge allemande, Chute du Rhin, Cologne, la Roche de Lurlei, Rheinstein, Mayence, Augsbourg

Amérique.

Album de 27 planch. en noir, 40×28, représentant des villes, monuments, paysages, scènes de la vie américaine, etc.; compr.:

Place du Marché à l'Assomption, Galena (Illinois). Cathédrale de San-Salvador, Buenos-Ayres, La Havane, La Maison-Blanche, La Nouvelle-Orléans, Rio-de-Janeiro (palais impérial et cathédrales), Portrait de Maximilien, empereur du Mexique; Valparaiso ; Portrait de Dom Pédro II, empereur du Brésil ; Lima, Chasse au lasso, Santo-Domingo à Buenos-Ayres, les Cataractes du Niagara, Montevideo, Cincinnati, Véra-Cruz, etc.

Belgique.

Album de 8 planches, 29×40, reproduisant les plus beaux monuments de ce pays :

Anvers, Place Verte, Bruxelles, Lièges, Anvers, Tête de Flandre, Ste-Anne à Bruges, Malines, Ypres, Hôtel de Ville de Louvain

Espagne et Portugal.

Album de 27 planches en noir, 40×28, villes, monuments, sites pittoresques, etc., comprenant :

Tour de Santa-Catalina, à Valence : Place du Marché, à Valence ; Eglise de San-Jago, à Xérès : Algésiras et Gibraltar, Cuença, Cordoue, Grande Mosquée, Burgos, Alhambra, Cour des Lions ; Barcelone, La Rambla, Lisbonne, Escurial, La Puerta del Sol, à Madrid : Ségovie, Grande Place, à Grenade; Saragosse, Tour penchée, Tolède, Lorça, Eglise San Juan, etc.

Hollande.

Album de 12 planches, format 26×40, comprenant les plus beaux monuments et sites du pays.

La Haye, Palais-Royal, Stolzenfels, Braubach, Kermesse à Amsterdam, Drachenfels, Breda, Rotterdam, Leyde, Elfeld etc.

Pays-Bas.

Album de 14 planches en noir, types, costumes, etc., 46×32, comprenant :

Seigneurs présentant une requête à Marguerite ; Abdication de Charles-Quint ; Guillaume, prince d'Orange ; Don Juan d'Autriche ; Alexandre Farnèse, duc de Parme ; Ferdinand de Tolède, duc d'Albe ; Statue du duc d'Albe ; à Anvers ; Entrée de Don Juan à Bruxelles ; Dudley comte de Leicester ; Siège et défense de Leyde ; Assassinat de Guillaume ; Adieux du comte d'Egmont et de Guillaume ; Philippe, roi d'Espagne ; Maurice, prince d'Orange.

Russie.

Album de 21 planches en noir, format 32×45, paysages, vues, monuments, scènes de la vie russe, comprenant :

Irkoutsk, Moscou, Saint-Basile, Astrakhan, Crimée, Citadelle et Monastère de Kief, Tiflis, Statue de Pierre le Grand, Campement de Bachkirs ; Vosok, marchands de poissons ; le thé sur l'herbe ; Couvent de la Trinité ; Saint-Pétersbourg, Kasan, Finlande, Cascade d'Imatra.

Marine.

Album de 20 planches en noir, 45×32, comprenant :

L'Enfance du marin, le Retour du pêcheur, Pilotes de la mer du Nord, Portrait de Tourville, Portrait de Jean Bart, Portrait de Duquesne, Effet de la houle, Supplice de la cale, Falaises, le golfe de Naples, etc.

Paris.

Album de 19 planches, chine, montées sur bristol, 45×32, représentant les principaux monuments, les plus belles rues, places ou choses remarquables de la grande ville, comprenant :

Paris, vue générale : Saint-Etienne-du-Mont, Palais de l'Industrie, Hôtel de Ville, Saint-Vincent-de-Paul, Notre-Dame, Palais du Luxembourg, Rue de Rivoli, les Tuileries, Hôtel de Ville, par Rouargue ; le Cortège impérial, Une Revue au Champ de Mars, un Salon du grand monde, une Fête à l'Hôtel de Ville, etc., par Lami.

Paris.

Album de 15 planches, chine, montées sur bristol, 45×32, représentant les principaux monuments, les plus belles rues, places ou choses remarquables de la grande ville, comprenant

Paris, vue générale ; Saint-Etienne-du-Mont, Palais de l'Industrie, Panthéon, Place de Carrousel, Place Vendôme, Place de la Concorde, Palais de Justice et Sainte-Chapelle, Arc de Triomphe, Saint-Vincent-de-Paul, Notre-Dame, Palais du Luxembourg, Rue de Rivoli, Les Tuileries, Hôtel de Ville, par Rouargue.

Gavarni (Symphonie).

Collection de 15 planches, très belles épreuves chine, montées sur bristol, format 45×32, comprenant :

La musique Du Berger, A la chasse, Des oiseaux, Orientale, Des Montagnards, Rêveuse, Des Saltimbanques, A la guerre, Dans la rue, Classique, A la noce, Villageoise, Symphonie, Des sauvage, Des Bohémiens.

MAITRES ET DOMESTIQUES

Fin de Siècle

PAR UN CUISINIER PHILOSOPHE

1 volume in-18, 1 fr. 50. Net . . . . **0 fr. 60**

SOLDE

des derniers Exemplaires des Albums du Musée de Versailles

Toutes ces planches, finement gravées sur acier, sont réunies en albums, titre en or, format 36×39. — Chaque album, au lieu de 20 et 25 fr., . . . net **2 fr. 75**

BATAILLES & COMBATS

Règnes de Louis XII à Louis XIII. 41 planches.
Campagnes de la République, 1792-1793. 28 planches.
Campagnes d'Espagne et d'Autriche, 1808-1810, 33 planches.
Règne de Louis XVIII et Charles X, 1814-1828, 16 planches.
Règne de Louis-Philippe, 1830-1840, 34 planches.
Combats maritimes, de 1325 à 1694, 35 —
— — de 1696 à 1800, 34 —
Croisades de 1146 à 1270, . . . 28 planches.

Principaux Faits

de 1804 à 1805 . . . . . 35 planches.

Jardins et extérieurs du château de Versailles 19 planches.
Album de 20 batailles, de 1201 à 1845.
Châteaux et Résidences princières, 21 planches.
Intérieurs du château de Versailles, 27 —
Plafonds et dessus de portes du château, 13 planches.
Peintres, Sculpteurs et Artistes célèbres, 1520-1627, 19 planches.
Peintres, Sculpteurs et Artistes célèbres, 1700-1840, 22 planches.
Rois, Reines et Princes étrangers, 1058-1603, 26 planches.
Rois, Reines et Hommes célèbres étrangers. 1582-1736, 20 planches.
Rois, Princes et Hommes célèbres étrangers, 1725-1840, 27 planches.

PERSONNAGES ILLUSTRES

Portraits en pied ou en buste

Rois de France 511 à 1316, 36 planches.
— 1322 à 1830. 34 —
Rois, Princes et Nobles, 511 à 1467, 30 planches.
— — — 1472 à 1636, 31 —
— — — 1739 à 1842, 30 —
Reines, Princesses et Femmes nobles, 1749-1839, 28 planches.
Connétables, 1061 à 1621, 23 planches.
Cardinaux et Évêques, 512 à 1618, 25 planches.
— — 1622 à 1839, 22 —
Hommes d'État, 1191 à 1680, 31 planches.
— 1685 à 1840, 31 —
Amiraux, 1270 à 1840, 33 planches.
— 1295 à 1815, 24 —
Généraux et Hommes de guerre, 1097 à 1596, 28 planches.
Généraux et Hommes de guerre, 1613 à 1808, 28 planches.
Généraux et Hommes de guerre, 1804 à 1841, 26 planches.
Hommes illustres, 1191 à 1586, 25 planches.
— — 1321 à 1642, 25 —
— — 1589 à 1830, 20 —
— — 1650 à 1701, 26 —
— — 1732 à 1741, 23 —
Maréchaux, 1191 à 1592, 37 —
— 1594 à 1675, 40 —
— 1658 à 1702, 39 —
— 1730 à 1791, 38 —
— 1783 à 1804, 32 —
— 1804 à 1843, 33 —

ARMOIRIES DE LA SALLE DES CROISADES

Splendide Album comprenant près de 690 blasons, reproduits en or, argent et couleurs, 28 planches réunies en carton-portefeuille.

Au lieu de 36 francs . . . . **Net 15 francs**

Occasions

DICTIONNAIRE GÉNÉRAL DES ARTISTES DE L'ECOLE FRANÇAISE, depuis les origines jusqu'à 1882, architectes, peintres, sculpteurs, graveurs et lithographes, commencé par feu BELLIER de la CHAVIGNERIE et continué par Louis AUVRAY. 3 vol. in-8 jésus y compris supplément et table topographique. 82 fr. 50. . . . . Net **50 fr.**

RIS-PAQUOT. — *Dictionnaire encyclopédique des marques et monogrammes,* chiffres, lettres initiales, signes figuratifs, etc., etc. contenant 12156 marques concernant les aquafortistes, architectes, armuriers, bibliophiles, célébrités littéraires, céramistes, ciseleurs, damasquineurs, dessinateurs, dinandiers, ébénistes, émailleurs, fabricants de papier, fondeurs, graveurs sur bois, cuivre, pierres fines, métaux, etc., horlogers, luthiers, imprimeurs, libraires, maîtres des monnaies, miniaturistes, modeleurs, nielleurs, numismatique, ordres de chevalerie, orfèvres, peintres, potiers d'étain, relieurs, sculpteurs sur bois, pierre, ivoire, albâtre, nacre, etc., tapissiers, tisserands, tourneurs, etc., par RIS-PAQUOT. 2 beaux vol. in-4 carré. 60 fr. Net **45 fr.**

ALEXANDRE. — *Histoire de l'art décoratif,* du XVIe siècle à nos jours, précédée d'une préface de M. Roger MARX, inspecteur des Musées, 48 chromolithogr., 12 eaux-fortes, 250 vign. en noir dans le texte. 1 vol. gr. in-4. 80 fr. . . Net **50 fr.**

JOUIN (Henry). *Charles Lebrun et les arts sous Louis XIV,* le premier peintre, sa vie, son œuvre, ses écrits, ses contemporains, son influence, d'apr. le manuscrit de Nivelon et de nombr. pièces inédites, par Henry JOUIN, lauréat de l'Institut, avec 1 portr. du maître, d'apr. Coyzevox, par Eug. BURNEY. 1 vol. gr. in-4. 60 fr. . . . Net **20 fr.**

DAVID (Emeric). — *Recherches sur l'art statuaire,* considéré chez les anciens et chez les modernes. 1 vol. in-18 jésus. 3 fr. 50 . . . . Net **0 fr. 90**

DUMESNIL (J.). — *Voyageurs français en Italie,* depuis le XIVe siècle jusqu'à nos jours. 1 vol. in-12. 3 fr. 50 . . . . **0 fr. 90**

BLONDEL (Spire). — *Le livre des fumeurs et des priseurs,* préface du baron Oscar de Watteville, avec 105 grav. de G. Fraipont, dont 16 aquarelles hors texte. Couv. aquarelle. Magnifique volume grand in-8, au lieu de 20 fr., net , . . **3 fr. 75**

OEuvres de Charles ROZAN

Collection de Livres ayant pour objet la philosophie morale et les curiosités littéraires et historiques de la langue française.

Parmi les Femmes (Nouveauté). 1 vol. in-18, 3 fr. 50, net. . . . . **3 fr.**

Dans ce nouveau recueil de pensées qui complète son œuvre moralisatrice, l'auteur s'adresse spécialement aux femmes : il leur soumet ses pénétrantes observations, et leur donne, sous la forme la plus délicate, d'excellents conseils sur tout ce qui fait le charme, la dignité et le bonheur de la vie. Il ne flatte pas plus qu'il ne dénigre ou ne blesse. Il réveille et il éclaire la conscience.

La Bonté. 10e édit., ouvrage couronné par l'Académie Française. 1 vol. in-18. 3 fr. 50, net . . . . **3 fr.**

« Dans ce livre où les pensées saines et élevées sont exprimées avec un talent réel de style, l'auteur dit à l'homme à quel genre de perfectionnement il doit tendre pour arriver au bien et mériter finalement le titre de bon. Observateur délicat et profond, l'auteur a traité ainsi avec amour le plus beau des sujets. »

La Jeune fille. 3e édition. 1 vol. in-18, 3 fr. 50, net. . . . . **3 fr.**

« Quelle propagande devraient faire en faveur de ce livre, où sont mis en relief les charmes du naturel et de la simplicité, tous les pères de famille qui veulent guérir leurs filles de la coquetterie, de la hauteur, de l'esprit de médisance et de moquerie !

Le Jeune Homme. 2e édition, 1 volume in-18, 3 fr. 50, net. . . . . **3 fr.**

« *Le Jeune Homme*, œuvre d'un esprit original, fécond en ressources et savant en la matière ; aller franchement au but, avoir le courage de ses opinions et vouloir les moyens aussi bien que la fin, pourrait-on résumer mieux le programme d'une éducation vraiment morale, vraiment appropriée aux progrès de l'esprit et de la civilisation ? »

Au milieu des Hommes, notes et impressions. 1 vol. in-18. 3 fr. 50, net . . . . . . **3 fr.**

« Dans ce livre, l'auteur semble avoir eu deux objectifs principaux : la sottise des hommes et la vanité des femmes ce sont deux points sur lesquels il appuie un peu plus que sur les autres. Après avoir demandé aux hommes d'être bons et sensés, aux femmes d'être simples et naturelles, l'écrivain montre pour quels motifs ces modestes vertus sont difficiles à rencontrer. »

Au Terme de la Vie. 1 vol. in-18, 3 fr. 50, net . . . . **3 fr.**

« Que d'hommes ont vécu de longues années sans être ni usés, ni découragés, ni même désillusionnés ! Combien d'autres, par contre, ont perdu leurs forces, leur énergie, leurs croyances, leurs illusions les plus chères ! Les uns sont les vieillards, les autres sont les vieux. »

Lettres d'une Fiancée à son Grand-Père. 1 vol. in-18. . . . . **O fr. 95**

De l'Ordre dans les Idées. (Lettre d'un grand-père à sa petite-fille). 1 vol. in-18. . **O fr. 95**

Etre aimable. (Lettre à une jeune amie). 1 vol. in-18. . . . . **O fr. 95**

Lettres sur le Mariage. 1 vol. in-18. . . . . **O fr. 95**

CURIOSITÉS LITTÉRAIRES ET HISTORIQUES DE LA LANGUE FRANÇAISE

Petites Ignorances de la Conversation. 11e édition 1 volume in-18, 3 fr. 50, net . . **3 fr.**

* Un grand nombre de locutions proverbiales, de dictons populaires et de phrases toutes faites ont pris place dans notre langue, surtout dans la langue de la conversation, et, en général, on serait fort en peine d'expliquer le véritable sens des unes ou l'origine des autres.

A Travers les Mots. 4e édition. 1 vol. in-18. 3 fr. 50, net. . . . . **3 fr.**

« L'auteur, dans ces 400 pages, s'est proposé de répondre à mille et une questions qui nous embarrassent souvent et qui nous intéressent toujours. »

Petites Ignorances historiques et littéraires. (Ouvrage couronné par l'Académie Française.) 1 volume in-8, 7 fr. 50, net . . . . **6 fr. 50**

« L'auteur reprend un à un les mots historiques les plus accrédités, soit pour les placer tels quels dans les circonstances où ils ont été dits, soit pour leur rendre leur paternité ou leur véritable caractère.

GRANDE IMPRIMERIE DU CENTRE. — HERBIN, MONTLUÇON.